KB033720

혼자만 연애하지 않는 법

이런 연애 반복하지
않겠다며 오늘도 다짐
하는 당신에게

혼자만 연애하지 않는 법

이런 연애 반복하지
않겠다며 오늘도 다짐
하는 당신에게

투히스

이야기를 시작하며

우리는 서로 다른 삶을 살면서 어떻게 사랑을 할 때에도 이별을 할 때에도 닮은 사랑과 이별을 하게 되는 걸까요?

또 누군가를 사랑하고 헤어지고. 이미 겪었던 일인데도 계속 실수하고 아파하게 되는 건, 어쩌면 나의 잘못이 아니라 그냥 우리의 모든 사랑과 이별이 닮아있기 때문은 아닐까요? 그렇기에 지금 이 책을 읽는 여러분도, 읽지 않는 누군가도, 사랑을 나누고 있을 누군가도, 이별의 아픔을 겪고 있을 누군가도. 이 이야기의 주인공이 될 수 있습니다. 그런 여러분들의 아픔을 혹은 서투름을 미리 준비하고 극복할 수 있도록 작은 등불을 하나씩 켜두어 길을 밝혀두는 마음으로 이야기들을 담았습니다.

사랑에 빠질수록 우리는 더 외로워지고 아픔을 겪

는 일들이 많습니다. 괜히 시작했나 싶을 정도로 연애는 너무나도 어렵고 조심스럽기만 하고요. 그래서 가끔은 친구에게 혹은 인터넷의 어느 글귀들 혹은 조언들에 귀를 기울이고는 합니다. 그러면서 사랑을 의심하기도, 믿으면 안 될 사람을 믿기도 해버립니다.

또 "괜히 남 이야기를 들었어"라며 슬퍼하고, 우울해하고, 좌절하고. 그렇게 우리는 연애를 어렵게, 그리고 아프게 배워갑니다. 그런 당신에게 작은 등불 하나를 달아드릴게요.

함께 사랑을 배워가는 다른 이들의 이야기를 보여드릴게요. 그들과 늘 함께하며 고민하는 저의 대답도 들려드릴게요. 이제 조금은 걸을 만해질 거예요.

누구나 한 번씩 고민해볼, 혹은 이미 고민해본 이야기들. 지금 읽는 이야기, 남의 이야기가 아닙니다.

투히스

차 례 ▾ Q

QｌA

열심히? · 매번 아쉬운 데이트 · 연애와 연락 · 편지를 써보려 했는데 너무 어려워요 · 연애와 여행 · 너무 당연해지는 것이 불안해요 · 권태기 · 성격이 너무 다른데 결혼할 수 있을까요? · 부모님께 인사를 드리게 됐어요 · 배경 차이가 너무 심한데 결혼할 수 있을까요? · 연애라는 환상으로 덧칠한 현실

점점 사소한 것들이 미워 보여요 · 다른 사람들과의 시간이 더 즐거워요 · 남자친구가 바람을 피웠어요 · 막연한 생각들 때문에 힘들어요 · 다른 커플과 비교하게 돼요 · 의무적으로 변하는 데이트 · 딩크족 애인 · 혼자 있는 시간이 더 좋아요 · 주변의 훈수 · 결혼을 위한 마음의 준비는 언제쯤 되는 걸까요? · 너무 경험 없이 결혼하는 것 같아요 · 결혼 전 우울증일까요? · 점점 어색해져요 · 핑계보다는 솔직하게 인정하고 잘할 수 있다는 믿음을

우리도 어쩔 수 없나 봐   ··· 86

한 남자친구 · 과도한 스킨십을 요구하는 남자친구 · 다른 사람과
의 약속이 중요하다는 애인 · 생각할 시간이 필요하다는 애인 · 조
금만 서운해도 참지 못하는 애인 · 자꾸 불안을 말하는 애인 · 감
정이 무딘 애인 · 헤어지고 나서도 연락을 받아주는 애인 · 질투가
너무 심한 여자친구 · 싸울 때마다 막말을 하는 애인 · 자꾸만 피
곤하다는 애인 · 나는 되고, 너는 안 돼 · 첫사랑과의 이별 · 나는
감정 쓰레기통이 아닌데 · 말투에 그렇게도 예민할 수 있나요? ·
그때 그러지 말걸 · 사랑을 특별하게 보다는 평범하게

오랜만의 썸 그리고 고백 · 무뎌진 연애 감각 · 아직 혼자이고 싶
은 마음 · 혼자이고 싶은데, 데이트는 하고 싶고 · 내게 맞는 사람
· 어떻게 하면 시작할 수 있을까요 · 소개받은 사람이 옛 사람과
닮았습니다 · 눈높이를 낮춰야 할까요? · 오랜만에 하는 소개팅,
너무 긴장했어요 · 제게도 사랑이 올까요? · 괜찮아요 다시 천천히
하나부터 해봐요, 우리 · 결혼을 생각하고 만나려니 쉽지 않아요 ·
연애가 여전히 두려워요 · 첫눈에 반하는 것 · 열정이 넘쳐서 힘들
어요 · 고백해도 될까요? · 또 상처받을까 봐 두려워요 · 처음으

로 더 사랑받게 되었습니다 · 새롭게 사랑하고 싶긴 하지만 · 이대로도 괜찮을까요? · 잘 할 수 있겠죠?

에필로그

급상승 검색어

CHAPTER 1.

우리 첫 만남 맞나요?

사랑하는 사람이 좋아하는 것

| 설레는 데이트 방법 | ▾ Q | ✎ 질문 |

연인과 더 가까워지기

남들 다하는 거라는데

그럼 남들도 이렇게 삐걱거리면서

연애하는 건가?

살면서 배려나 이해를

가장 많이 해보는 시기도

가장 많이 말해보는 시기도

돌이켜보면 다 연애할 때더라

Q

사랑하는 사람이 좋아하는 것

애인은 매우 무뚝뚝한 편이에요. 그래도 제가 하자는 건 다 같이 해주고, 항상 상냥하게 위로해주진 않아도 제가 외로워할 때면 언제나 옆에서 묵묵히 있어 주고 안아주는 사람이에요.

그러다 보니 저도 애인을 위해서 무언가 해주고 싶은데요. 막상 돌아보니 애인은 저와 사귀는 기간 동안 자기가 뭘 하고 싶은지 뭘 좋아하는지 말을 많이 하지 않았더라고요. 애인들은 무엇을 해줄 때 좋아하나요? 애인에게 뭘 해주면 좋아할까요?

A 사랑하는 만큼 무엇이라도 좋아할 거예요

애인이 많이 사랑한다는 게 느껴지네요. 무뚝뚝해도 그런 사람이야말로 나를 오래 사랑해줄 사람이기도 하죠. 그런 애인을 위해서 무엇인가를 해주고 싶은 마음이 생기는 것도 당연하고요.

다만 그 예쁜 마음을 표현할 방법을 다른 곳에서 찾기보다는, 지금까지 두 분의 연애를 돌아봤을 때 애인이 특히나 더 즐거워했던 순간들에서 찾아보세요. 그래도 특별히 떠오르는 게 없다면 애인에게 지금 저에게 이야기한 것처럼 솔직하게 고마움을 표현해 보세요.

늘 나를 생각해주는 건 좋지만, 서로 더 좋아하기 위해서 나도 함께 당신이 좋아하는 걸 좋아할 기회를 가져보고 싶다고 말해보시는 건 어떨까요?

Q

연애 초반의 데이트

저희는 이제 막 연애를 시작했어요. 근데 둘 다 경험이 부족해서 데이트할 때면 뭘 하는 게 좋을지 모르겠어요. 그냥 만나면 좋기는 한데 너무 뻔하게 데이트하는 것 같아서요. 좀 더 즐겁게 데이트를 하려면 어떻게 해야 할까요?

옷 입는 것도 신경 쓰이고 어딜 갔을 때 거기가 마음에 드는지 안 드는지도 너무 신경 쓰이고 친구들이랑도 갈법한 곳이라서 실망스럽지는 않을지 걱정이 됩니다. 연애 초반에는 어떤 데이트를 하는 게 좋을까요?

A 잘하고자 하는 의욕보다

연애 초반의 풋풋함이 여기까지 전해지네요. 연애 초반, 특히 연애 경험이 없다 보면 이것저것 사소한 것들이 신경 쓰일 수 있죠. 모두가 이때를 떠올리면서 미소 짓기도 하고, 쑥스러움을 느끼기도 하고 그럴 거예요. 초반에는 그만큼 이런저런 의욕도 생기기 마련인데요. 우선 특별한 뭔가를 하기보단 그렇게 생기는 의욕을 먼저 다스리는 게 좋아요. 더 좋고 특별하고 싶은 마음은 이해하지만 우선 서로가 진짜 좋아하는 게 뭔지, 편하게 생각하는 게 뭔지를 파악하고 그것에 맞춰서 데이트를 해보시는 게 좋겠어요.

이때는 뭘 하면 좋고, 이때는 뭘 하면 좋다. 이런 답안은 없어요. 단지 서로가 서로를 얼마나 이해하고 적응해 나가느냐죠. 그러니 남들 하는 것 따라 하려고 너무 애쓰지 말고 우선은 서로 평상시에 즐기는 것들 위주로 차근차근 알아가 보시는 게 어떨까요?

Q

연인과 더 가까워지고 싶어요

저는 평소 좀 괄괄한 성격이라서 그냥 연애를 할 때도 털털하게만 해왔는데요. 최근 사귀게 된 연인과는 제대로 연애해보고 싶어서 이것저것 시도해보고 있는데, 그 시간이 즐겁지 않은 건 아니지만 항상 무언가 아쉽다는 느낌이 들어요.

연인과 정서적으로 가까워지지 못해서가 아닐까 싶기도 한데요. 어떻게 하면 정서적으로 더 가까워지고 사이가 좋아질 수 있을까요?

A 이미 충분히 가까울지도 몰라요

연애를 하다 보면 막연히 관계가 더 나아졌으면 좋겠다는 느낌이 들 때가 있어요. 그것이 심해지다 보면 불안으로 이어지기도 하고요. 두 사람의 연애에서 지금 필요한 것은 정서적으로 가까워지기 위한 무언가가 아니라, 어쩌면 좀 더 기본적인 행동의 발전일지도 모르겠네요.

평소에 애교스러운 태도로 서로를 대하는 것이 익숙해져 있다면, 애칭이나 표현 등을 더 늘리거나 강하게 하고 이성적인 긴장감도 늘려보는 게 좋겠어요. 가까워지기 위해 특별한 것이 필요한 게 아니에요. 가깝다는 느낌은 우리가 늘 하던 것을 좀 더 꾸미고 강도를 키울 때 더 많이 느껴질 거예요.

Q

나이 차가 많이 나는 연애

저와 남자친구는 9살 차이인데요. 그렇다 보니 서로가 좋아하는 것도, 좋아했던 것도 많이 다를 때가 있어요. 세대차이랄까요. 서로의 말을 이해하지 못하는 경우도 종종 있고요.

근데 그런 것을 빼면 전반적으로 성격이나 생각하는 정도가 비슷해서 이야기는 잘 통해요. 다만 너무 서로 같은 시간대에 공유한 것이 없어서 유대감이 부족하다는 느낌이 들 때가 있어요. 무슨 삼촌이랑 이야기하는 것처럼요.

갈수록 그런 게 심해질까 걱정인데, 나이 차이가 많은 연애를 잘하려면 어떻게 해야 할까요?

A 다른 점보다 공통점에 더 집중해보는 건 어떨까요?

나이 차이가 많이 나는 커플들은 이런저런 이유로 서로 다름을 느끼고는 합니다. 입맛이 다르다던가 서로 즐겼던 문화가 다르다던가 하는 차이들. 혹은 연애의 깊이 또한 시작부터 다를 수 있고요.

하지만 연애는 결국 '지금' 우리가 무엇을 어떻게 느끼고 소통하고 있느냐의 문제에요. 지금처럼 차이로 인한 다름을 의식하기보다는 말씀하신 것처럼 잘 맞는 부분들에 더 집중하고 지금부터 만들어나갈 공통점들에 더 의미를 두시면 좋을 것 같아요. 그럼 어느 순간 그 차이가 사소하게 느껴질 날이 오지 않을까요?

Q

연애도 일처럼 열심히?

저는 자라면서부터 지금까지 항상 늘 열심히만 하고 살아왔어요. 좋은 직장을 다니고 싶어서 늘 공부를 열심히 했고, 그로 인해서 지금 좋은 직장에 다니고 있어요. 지금도 열심히 살고 있죠. 그러다가 얼마 전 연애를 시작했는데요. 연애는 처음인지라 여기저기 상담도 해보고 조언들도 찾아보면서 잘해보려고 열심히 공부하는 마음으로 임하고 있어요. 다만 이렇게만 해서는 정말 잘 풀릴지 아닐지 알 수가 없으니 불안한 마음이 있네요. 그냥 열심히만 하면 될까요?

A 열심히 하되, 혼자만 열심히 하진 마세요

연애가 처음이면 그 의욕만큼, 그리고 내가 살아온 시간만큼 열심히 하고 싶을 거예요. 하지만 연애는 혼자만 열심히 한다고 되는 관계가 아니에요. 연애는 여태 내가 내 인생을 설계하고 내 몫만 열심히 해와서 이루었던 것과는 달리 함께 맞춰가고 적응해야 하는 것들이 많기 때문이에요. 연애의 속도도 마찬가지고요.

나 혼자 좋은 관계를 유지하기 위해 열심히 한다고 해도 혼자만 열심히 속도를 내면 때론 상대가 그것을 버겁게 느낄 수도 있어요. 무작정 열심히 하기보단 상대와의 속도를 맞추는 것이 더 중요해요. 마음가짐은 좋아요. 다만 혼자 멀리 앞서 나가지 않도록 다른 사람의 말보다 연인의 말에 더 귀기울여야 할 필요가 있어 보여요. 답은 거기에 있으니.

우리 모두 다

처음이라 서툴렀잖아요

그리고 처음이 아니라도

여전히 서툴잖아요

그게 당연한 거예요

연애만큼 내 의욕이

나의 뒤통수를 치는 것도

없지

Q

매번 아쉬운 데이트

연인과 서로 취미가 비슷해서 만나면 취미활동도 하고 즐겁게 시간을 보내는데요. 그러다 보면 비교적 일찍 만나도 금방 시간이 지나서 밤이 되는데 늘 그때가 되면 아쉽다는 생각이 듭니다. 같이 밤을 보내자고 한다고 연인이 거절하진 않겠지만 그러다가 그게 익숙해지면 너무 또 서로의 연애가 진부하게 흘러가진 않을까 걱정되기도 하고요. 이런 아쉬운 마음은 어떻게 하면 잘 조절하고 충족시킬 수 있을까요?

A 아쉬운 마음이 연애를 오래 유지하는 이유일지도 몰라요

너무 잘 맞는 사람은 꼭 연애가 아니더라도 계속 함께하고 싶고, 더 많은 시간을 즐기고 싶은 마음에 아쉬움이 생기기 마련이에요. 연애에서 이런 마음은 서로 더 애착이 생기게 하고, 처음 마음을 오래 유지하는 데에 도움이 되기도 하고요.

때문에 아쉬움을 어느 정도 간직하되, 서로 지금까지 함께 해왔던 것 외에 서로가 한 번도 시도해보지 않은 것들을 시도해보는 건 어떨까요? 함께 무언갈 해나가는 것은 더 큰 동질감을 느끼게 만들고, 연애에 있어 더 만족감을 가져다줄 테니까요.

지금 아쉬움을 느끼는 만큼 연인을 사랑하는 마음이 큰 것뿐이니 성급히 그것을 충족시키려 하기보다 아쉬운 마음만큼 더 열정적으로 시간을 보내보시는 건 어떨까요? 지금도 잘하고 있어요!

Q

연애와 연락

저는 과거 연락 문제 때문에 자주 다투다가 헤어진 경험이 있습니다. 계속 마음 가는 대로 연락하고 싶어서 그렇게 행동했다가 상대방을 지치게 만드는 바람에 이번 연애는 연락의 빈도를 어느 정도는 정해놓고 해보려 합니다.

하루에 몇 번 정도 연락하는 게 적당할까요? 제 마음 같아서는 여전히 종일 연락하고 싶지만 그러면 안되겠죠?

A 다른 보통의 기준보다 우리만의 기준을 정해 보세요

과거의 연애에서 배울 점을 찾아 반성하고 지금의 연애를 좋게 만들려는 노력은 너무나도 아름다운 마음이에요. 그런 마음가짐만으로도 이미 상대는 좋은 짝을 만났다고 봐도 과언이 아닐 거 같아요. 그런 마음을 좋은 결과로 풀어내려면 우선 연인과 과거의 연락 문제에 대한 실패와 불안감을 이야기하면서 서로 적당한 연락 정도 (시간이나 상황 등) 그리고 규칙을 정해보는 게 좋을 것 같아요. 시간을 정해놔도 못 지킬 상황이 생길 수 있잖아요.

그러니 '어떤 일로 연락이 늦어질 경우에는 미리 양해를 구하기.'라든가, '답장이 없어도 정해진 시간에는 꼭 연락하기.'라든가 하는 식으로 서로 불안해질 만한, 혹은 불만 가질만한 요인을 줄이는 약속을 해본다면 조금씩 적응되면서 충분히 만족하실 수 있지 않을까요?

Q

편지를 써보려 했는데 너무 어려워요

연인에게 편지를 써주기로 약속을 했어요. 서로 기념일을 특별하게 챙기기보다는 소소한 손편지 하나씩 서로 써주기로 했는데요. 이게 막상 쓰려고 하니까 안 그래도 말솜씨가 없는데 더 할 말이 생각이 안 나네요.

연인에게 어떤 내용으로 편지를 써주면 좋을까요? 너무 사랑한다는 말만 적어도 없어 보일 것 같은데 조언 부탁드려요.

A 멋진 문장을 적으려고 하기보다는

연애편지를 쓸 때는 두 사람 사이에 있었던 일들을
생각해보는 게 좋아요.

함께 보낸 시간, 그 시간 속에서 느낀 것들, 그것들
이 나의 삶에 어떤 영향을 주었는지. 지금 그 편지
를 작성하게 된 마음 같은 걸 담을 수 있다면 좋겠
어요. 무조건 있어 보이게 쓰기보다는 그런 솔직한
사실들, 평상시엔 너무 소소해서 공유하지 못했던
마음, 앞으로에 대한 사랑의 약속들. 이런 것들을
담으면 그 무엇보다도 진심이 느껴지지 않을까요?

너무 어렵게 생각하지 마세요.

Q

연애와 여행

저희는 이제 막 한 달 반 즈음 된 커플이에요. 최근 이런저런 여행 사진을 보다가 갑자기 애인이 여행을 가자고 저에게 제안을 해왔어요. 물론 함께 하는 시간이 많으면 저도 좋을 것 같기는 한데, 여행 갔다가 싸운 커플들의 이야기를 많이 듣기도 했고 멀리까지 가서 싸우면 어쩌지, 잘 안 맞으면 어쩌지 하는 불안감이 생기네요.

사귄 지 얼마 안 되어서 다 이해하거나 참겠지만 벌써 그런 안 좋은 면들이 부각되는 것도 안 좋을 것 같은데요. 거절해야 할까요? 여행을 가야 할까요?

A   미리 너무 부정적인 생각만 할 필요는 없어요

여행을 가서 싸우게 되는 커플이 많죠. 그냥 데이트 할 때보다 서로 이해해야 하는 부분도 많고, 신경 써야 할 것도 많으니까요. 서로 함께 있는 시간이 많아지는 만큼 이런저런 일상의 모습을 보게 되기 때문에 그런 상황들이 자주 발생할 수 있는데요. 그런 부정적인 생각보다도 함께 좋은 시간을 보낼 수 있는, 서로 맞춰볼 수 있는 기회라고 생각하는 것도 좋을 것 같아요.

상대방은 마음을 썼는데 혼자 우물쭈물하면서 걱정 가득한 느낌으로 나오면 그것부터 이미 좋지 않겠죠. 그러니 일단 걱정은 뒤로 미뤄두고 함께 하는 여행을 즐길 수 있도록 계획과 준비를 해보시면 어떨까요?

진짜 유치한데

진짜 신경 쓰이는 거

그게 연애인 거 같아

연애가 길어짐의 증거는

연인과 함께할 때 하던 행동을

연인과 떨어져 있어도 한다는 것

Q

너무 당연해지는 것이 불안해요

저희는 이제 8년 차 커플입니다. 어릴 때부터 지금까지 수많은 힘든 시간을 함께해온 커플이고 가족들도 서로 다 알고 해서 사실상 결혼만 안 했다뿐이지 결혼한 것이나 다름없는 정도입니다.

몇 년 전에 찾아온 권태기도 잘 이겨 냈는데, 그러고 나서는 오히려 서로 너무 자연스러워지고 당연해지는 바람에 때로는 이 사람이 나를 소중하게 여기는지 그냥 당연하게만 여기는 건지 걱정이 되기도 합니다. 결혼하기도 전에 벌써 이런 감정을 느끼는데 결혼하고 나면 얼마나 더 심해질까요. 현명하게 해결할 방법이 없을까요?

A 서로 당연하게 보내는 시간의 소중함

서로 당연해지는 거. 과연 안 좋은 일일까요? 물론 지금처럼 내가 당연해지기 때문에 존중받지 못하는 건 아닐까 하는 불안감이 생길 수도 있죠. 하지만 두 사람의 만남을 되돌아봤을 때 서로를 뒤로 미루거나 함부로 대하는 것이 아니라면, 당연함 속에서도 꾸준히 만남을 이어가고 서로를 이해해나가는 것만큼 위대한 건 없다고 생각해요.

때문에 당연함을 무작정 나쁘게만 생각할 필요는 없어요. 지금 가지고 계신 그 가치, 생각보다 값진 거예요.

Q

권태기

정말 세상에 둘도 없을 것 같던 저희 사이에 권태기가 온 것 같습니다. 최근 애인에게 연락을 해도 시큰둥하고 크게 반응이 없어서 뭔가 안 좋은 일이 있나 싶기는 했지만, 둘 사이에 크게 문제가 있거나 한 적은 없어서 그러려니 하고 있었습니다. 근데 어제 만났을 때 권태기가 온 것 같다고, 시간을 좀 가지면 어떻겠냐는 이야기를 해왔습니다.

저는 그 말에 너무나도 놀라서 무엇을 잘못했냐고 물었지만, 저에게 잘못은 없다면서 그냥 자기 마음을 자기도 잘 모르겠다고 합니다. 저는 여전히 애인을 사랑합니다. 어떻게 해야 권태기를 이겨낼 수 있을까요. 도와주세요.

A 시간, 상황, 감정

권태기를 이겨내기 위해서는, 우선 우리가 사귄 지 얼마나 되었으며 지금 서로의 배경적 상황이 어떤지, 그것들로 인한 감정이 어떤지를 먼저 살필 필요가 있어요.

초반의 달달한 시간이 지나고 일상에 적응해야 하는 시기로 들어서면 특별히 재미있는 것도 없고, 연애를 해도 똑같은 데이트의 반복. 질릴 수 있죠. 혹은 둘 사이는 별문제 없지만 둘을 둘러싼 환경(직장이나 가정)에서 문제가 발생해 그 감정이 연인에게까지 영향을 끼치는 경우도 있어요.

때문에 무턱대고 시간을 갖거나 무작정 상황을 좋게 만들려고 매달리기보단 우선 저 사항들을 먼저 점검해보세요. 정확히 문제를 찾는다면 권태기를 해결할 방법도 찾을 수 있을 거예요.

Q

성격이 너무 다른데 결혼할 수 있을까요?

저희는 성격이 너무 달라서 연애 초부터 많이 다퉈 왔어요. 하지만 서로가 좋아하는 점들을 가지고 있어서 여전히 사랑을 이어오고 있는데요. 연애 기간이 길어질수록 결혼을 생각하지 않을 수 없는데, 요즘에도 그런 성격 차이로 몇 번 다투면서 과연 이 사람이랑 결혼하게 되면 잘 살 수 있을까 하는 의문이 생깁니다. 성격이 너무 달라도 너무 다른 우리. 결혼 생활을 잘 할 수 있을까요?

A 성격 차이가 큰 페널티는 하지만

모든 사람이 성격이 맞는 상대와 결혼하는 것이 아니라는 사실을 아실 거예요. 많은 사람들이 성격이 안 맞는 사람과 결혼하지만 결국 결혼 생활을 이어가는데 이것이 가능한 이유는 서로가 가진 장점을 더 좋게 생각하는 것, 성격 차이로 인한 문제를 감정 이입해서 일일이 과몰입하지 않는 것 등이 있을 거예요.

지금처럼 계속 성격 차이에 대한 부분을 놓지 못하고 갈등이 일어나는 상황을 만들면 그 결혼 생활은 힘들 수밖에 없을 거예요. 때문에 결혼을 말하기 전에 그 차이를 어떻게 다룰 건지 먼저 생각해보시는 건 어떨까요?

Q

부모님께 인사를 드리게 됐어요

저희는 얼마 전에 서로의 앞날에 관해서 애기를 하다가 더 진지하게 만나기로 결심했습니다. 그래서 서로의 부모님을 만나 뵙고 인사를 드리고 정식으로 관계의 발전에 대해서 허락을 구할 생각인데요.

이런 상황에 우선 조심해야 하거나 서로 미리 이야기해두면 좋을 것들이 있을까요? 부모님께 인사를 드리러 갔다가 싸우게 되고 헤어지는 커플들의 이야기를 들으니 걱정부터 되는데요. 잘하려면 어떻게 하면 좋을까요?

A 가장 기본을 잊지 않는 것이 필요해요

어떤 관계든 관계의 시작에서는 기본적인 예의와 좋은 인상이 필요하죠, 때문에 무엇을, 어떻게, 더 좋게 보이느냐보다 먼저, 연인에 대한 기본적인 예의와 웃어른에 대한 예의를 갖추신다면 기본적인 부분에서는 문제가 없을 거예요.

다만 그렇게 미래에 대한 허락을 받기 위한 자리에선 내가 원치 못하게 압박을 받을 수 있어요. 미리 그런 상황을 어느 정도 예상하고 준비해서 특정 상황에는 서로가 도울 수 있도록 약속된 말을 준비해두는 것이 좋을 거예요.

갑작스러운 질문, 상황에 대해 준비하고 기본적인 것만 지킨다면 아무런 문제가 없을 거예요.

Q

배경 차이가 너무 심한데 결혼할 수 있을까요?

저와 남자친구는 배경 조건의 차이가 너무 심합니다. 저는 그런 차이에 대해서 크게 신경 쓰지 않는데, 저희 집과 남자친구는 그런 차이를 매우 심각하게 생각하고 각자의 입장에서 걱정을 하는 것이 보여요.

남들의 말처럼 현실적인 조건이라는 것이 그렇게나 절대적으로 우리 둘 사이를 괴롭게 할까요? 저는 그냥 남자친구가 저를 믿어준다면 제가 일을 해도 상관없고 함께 할 자신이 있는데 말이죠, 제가 현명하게 이 일을 풀어나가려면 어떻게 해야 할까요?

A 현실적 조건은 무시하지 못하죠

흔히 결혼은 현실이라고 말을 합니다. 그래서 각자의 배경, 환경이 얼마나 비슷한가 혹은 그렇지 않은가에 따라서 현실적으로 겪게 되는 문제의 크기도 달라지기 마련입니다.

다만 어떤 문제를 겪어도 함께 잘 헤쳐나갈 거라는, 이겨낼 거라는 확인이 있다면 우선은 말로 설득하기보단 모두가 걱정하는 문제를 어떻게 해결해 나갈지, 남자친구와 머리를 맞대어서 미래에 대한 비전을 보여주는 게 좋을 것 같아요.

그냥 무턱대고 "행복하게 잘 살겠습니다"보다는 "지금의 상황이 어렵지만 ~해서 ~를 달성해서 ~를 갖춘 삶을 살도록 계획하고 준비하겠습니다"가 설득력이 있죠. 그런 식으로 함께 준비해서 허락을 구하고 잘해나가는 모습을 보여드린다면 좋은 결말이 기다리고 있지 않을까요?

연애라는 환상으로 덧칠한 현실

"행복하게 잘 살았습니다" 같은 동화의 결말들을 참 많이 들어보셨을 거예요. 연애를 하면 누구나 그런 결말들을 꿈꾸고 그런 결말을 상상하면서 우리의 사랑이 예쁘고 아름답기를 바라죠. 그렇게 일상이 핑크빛으로 덧칠되다 보니 원래의 내가 살고 있던 내 짝이 살고 있던 현실은 어떤 색이었는지 잠시 잊고 있게 돼요.

연애의 잔인한 점을 색으로 비유하자면 아름답게 덧칠된 부분을 아주 짧게만 보여 준다는 것에 있어요. 결국에는 우리가 원래 살아왔던 색의 현실로 돌아가게 되어 있기 때문에 연애를 잘하려면 혹은 연애의 불안감을 벗어나려면, 우리는 핑크빛으로 물들었을 때도 원래의 색상을 잊지 말고 상대와 내가 변화에 충분히 적응하고 배워나가야 해요.

아직 뭐든 수용 가능할 때는 서로의 삶에 칙칙한 부분을 봐도 비교적 긍정적으로 이겨낼 수 있기 때문이에요.

결혼에 대한 이야기 중에 '결혼은 아무것도 모를 때 별생각 없이 분위기에 휩쓸리듯 해야 할 수 있고 이것저것 따지다 보면 할 수 없다'는 말이 있죠. 결국 우리는 우리가 생각하는 것보다 더 현실적이고 계산적인 사람이라는 것을 기억해야 해요. 사랑의 특별함도, 핑크빛도, 막연히 좋은 시간도 영원하지 않기에 우리는 우리의 사랑을 지키기 위해서 원래의 모습을 솔직하게 보여야 해요.

그만큼 서로 부딪치고 적응해야 우리의 사랑을 지킬 수 있어요. 연애를 잘하고 싶다면 계산적이지 말아야 한다고 하죠, 하지만 그럴 수 있는 시간은 우리의 생각보다 길지 않아요. 그러니 가능할 때 솔직해지고 마음을 다하세요. 할 수 있을 때 해야 합니다. 모든 커플이 그렇듯 갈등이라는 시험은 설렘과 좋음의 다음, 바로 다음 페이지에 기다리고 있으니까요.

급상승 검색어

CHAPTER 2.

너는 좀 다를까?

혼자 있는 시간이 좋아질 때

| 연애를 망치는 기준 | ▾ Q | ✎ 질문 |

막연한 생각이 들 때

우린 정말 좋았어

좋지 않아질 때까지는

설렘이라는 페이지를 넘기니

갈등이라는 페이지가 나오더라

Q

점점 사소한 것들이 미워 보여요

저희는 이제 2년 조금 넘게 사귀었어요. 최근 들어서 남자친구가 바빠서 조금밖에 못 만났는데요. 모처럼 만났음에도 피곤하다는 말을 많이 하고 뭔가 즐거워하지 않는 모습에 서운함을 느꼈는데 최근들어서는 그런 만남이 이어지다 보니 점점 하나둘씩 미워 보여요. 최근 들어서는 남자친구가 하는 모든 이야기가 그냥 괜히 밉게 느껴지고 때로는 한심하게까지 느껴지기도 해요.

오래 만난 남자친구라서 아직 의리? 정? 이런 것은 남아있어서요. 제가 이런 마음에서 벗어나 남자친구와 잘 사귀려면 어떻게 해야 할까요?

A 연애에도 간격은 필요해요

지금과 같은 상황에서는 괜히 그런 마음 때문에 '나는 왜 이렇게 못되게 생각할까.'라고 자책하게 될 수도 있는데, 혹여 그런 생각을 하고 계신다면 그러지 마시길 바라요.

연애 기간을 고려해보면 당연히 그런 감정이 생길 수도 있는데, 내가 계속해서 남자친구의 어떤 행동이나 반응을 보고 감정을 이어나가려 하기보다는 우선 그 기간에는 나 혼자만의 새로운 애착 거리를 만들어보는 것도 좋아요.

지금의 같은 기간엔 연인과 함께하더라도 뭐든 마음에 안 들고 짜증만 날 수 있기 때문에, 차라리 조금 거리를 두고 내 삶에서 재미를 얻을만한 다른 곳으로 눈을 돌려보시는 것도 좋겠어요. 그렇게 감정적으로 정화가 되고 나면 다시 안정적인 둘 사이로 돌아갈 거예요. 적응이 힘들 수도 있겠지만 조금씩 시도해보시면 분명 좋은 결과가 있을 거예요.

Q

다른 사람들과의 시간이 더 즐거워요

연애가 오래되면서 조금씩 소홀했던 사람들을 최근에 만나고 있는데요. 그렇게 약속 잡고 보내는 시간이 여자친구와의 시간보다 더 즐겁게 느껴져요.

연애가 오래되어서 자극이 덜할 수는 있다지만 이런 즐거움 때문에 여자친구와의 약속을 미루는 게 맞는지 모르겠어요. 마음 한편에서 뭔가 찝찝한 기분이 들어요. 제가 느끼는 감정처럼 잘못하고 있는 것일까요? 아니면 그냥 불필요한 걱정일까요?

A 이해해주겠지, 혹은 괜찮겠지

가장 먼저 기억하셔야 할 것은 내 여자친구가 한두 번은 이해할 수 있을 인내심을 가지긴 했다는 거예요. 다만 그렇게 이해해주는 내 여자친구에 대한 감사함을 그냥 막연하게만 생각하시고 그렇게 타인과 만남을 지속하는 것은 좋지 않아요.

결국 이해해주겠지, 괜찮겠지, 하는 마음에 상대를 소홀하게 만들고 상대는 외로움을 느끼겠죠. 연애를 오래 하는 만큼 상대가 익숙해지고 상대에게 당연하게 배려를 바라게 되는데요. 그럴 땐 내가 처음 연애하기 위해 했던 노력과 얼마나 간절히 원해서 만난 사람인지. 그 소중함을 떠올려보세요.

Q

남자친구가 바람을 피웠어요

얼마 전 우연히 남자친구의 핸드폰을 보다가 남자친구가 같이 일하던 사람과 바람을 피우고 있는 것을 알게 되었어요.

저는 그것을 남자친구에게 들이대며 남자친구에게 확인을 하였고, 남자친구는 그 즉시 저에게 사과하면서 제 눈 앞에서 그 여자와의 관계를 끝냈는데요.

그날 이후로 남자친구와 그 사람이 머릿속에서 떠나질 않아요. 하루하루 밥도 제대로 못 먹고 너무나도 괴롭게 지내고 있습니다. 남자친구는 하루가 멀다 하고 제 눈치를 보면서 용서를 구하는데요. 저도 아직 남자친구를 끊어낼 용기는 없어서 함께하긴 하는데 이것을 어떻게 극복하면 좋을까요?

A 한 번만 바람피우는 사람은 없다고들 하죠

애인이 바람을 피운 경우 단순히 멘붕이라는 단어로는 설명이 안 될 만큼 우리 관계를, 그리고 나를 힘들게 만들죠. 가장 먼저 기억하셔야 할 것은 바람은 절대 용서가 안 된다는 점이에요.

단순한 실수라고 해도, 잠깐이었다고 해도 결국 어떤 이유로든 나를 등진 사람을 용서하는 것은 '다시 한번 그래도 된다.'는 명분을 마련해주는 게 될 수도 있어요.

용서하지 않고 그 사람과 함께하는 방법이라면, 이번 일을 언급하지 않고 그냥 시간이 해결해주길 바라면서 묻고 서로가 다시 사이를 회복하는 것이 있겠죠. 내가 마음이 약해서 혹은 혼자가 되는 것이 두려워서 아직 놓지 못하고 있을 수는 있어요. 하지만 그 사람의 잘못을 애써 변호하며 좋은 쪽으로 이해하고 용서하진 않으셨으면 좋겠어요.

Q

막연한 생각들 때문에 힘들어요

요즘 들어 앞날에 대한 생각을 많이 하는데요. 지금 크게 이룬 것도 없고 그렇다고 하루하루가 즐거운 것도 아니고 뭐하나 특별하게 기분 좋을 것은 없는데 나이는 먹어가고 그러다 보니까 여자친구의 눈치도 보이기 시작합니다.

막상 혼자이긴 외로워서 연애를 시작했는데 막상 시작하고 보니 책임감에 너무나도 힘들고 여자친구에게 말하자니 또 이 관계가 흔들릴까 봐 두렵고 여러 가지로 너무 힘듭니다. 이럴 때는 어떻게 해야 할까요?

A 여러 가지 두려움에 힘겹더라도

많이 힘든 시간을 보내고 계시는군요. 그런 시기는 정말 막막하고 답답하고 힘들기만 하죠. 하지만 그렇다고 해서 혼자 그걸 다 안고 가려고 하지는 마세요.

"나는 지금 이뤄놓은 것도 없고, 이런저런 일로 버겁고 힘든 시간인데 너에게도 미안함을 느껴서 어떻게 해야 할지 잘 모르겠다."

혼자서 앓고 있다가 관계가 악화될 때까지 기다리지 말고 솔직한 마음으로 털어놓는 건 어떨까요? 어찌 되었든 연애는 함께 하는 것이고, 무작정 좋은 것만 나누는 건 연애가 아니니까요.

Q

다른 커플과 비교하게 돼요

좋게 사랑하는 건 다른 사람들과 비교하지 않는 것이라고 하는데, 요즘 들어서는 왜 이렇게 다른 커플들과 비교하게 되는지 모르겠어요. 특히나 이제 막 시작한 풋풋한 커플을 보면 '아 저 때가 좋았지. 우리는 이제 저렇게는 못 하겠지'하면서 부러운 마음이 들 때가 많아요.

사랑스러운 눈빛으로 자상하게 서로를 대하는 커플을 볼 때마다 (머리칼을 쓸어 넘겨주거나 하는 모습 등) 이제는 더 이상 다정하지 않은 남자친구를 보며, '우리도 한때는 저랬는데.' 이런 생각만 듭니다. 그러면서 다시는 설렐 일 없을 것 같다는 생각이 드니까 우울하기도 해요. 이런 상황엔 어떻게 해야 할까요?

A 처음 시작한 커플은 오랜 연인을 부러워하죠

누구나 자신이 지금 가지고 있지 않은 것들을 부러워하면서 비교합니다. 그런 생각을 가지고 있는 것 자체는 나쁘지 않아요. 하지만 너무 풋풋함과 지금 당장 설렘이 느껴지지 않는다는 부정적인 부분에만 신경 쓰다 보면, 지금 가진 안정과 신뢰로 쌓은 좋은 관계를 무너뜨릴 수 있어요.

설렘은 달콤해서 유혹되기 쉽지만, 그것은 연애에 있어 매우 찰나의 순간이고, 신뢰로 함께하는 이상 언제든 다시 돌아올 감정이기도 하니까요.

단지 지금 내가 느끼지 못한다고 해서 그런 사랑들이 어디로 사라지는 게 아니에요. 단지 우리는 좀 더 서로를 믿고 안정되기에 처음처럼 서로에게만 매달려있지 않은 것이죠. 그만큼 서로를 사랑하는 것이고요. 놓치고 후회하면 다 소용없잖아요. 그러니 있을 때 소중함을 잊지 마세요.

누구나 다 그렇게 생각할 거라고

생각해서 나의 이기적인 면을

그대로 두다 보면 결국 혼자만 남게 되죠

여자라서 혹은 남자라서

라는 이름에서 시작되는 기준

연애를 망치는 가장 잘못된 기준

Q

의무적으로 변하는 데이트

저희는 매주 금요일, 토요일마다 데이트를 하기로 약속을 했는데요. 처음에는 데이트할 때 서로 무엇을 할지 이야기도 많이 하고, 설렘도 가득했고, 하룻밤을 같이 보내면서 좋은 추억을 많이 만들기도 했어요.

근데 요즘은 여전히 만나긴 해도 전보다 일찍 헤어지게 되고, 다음에 또 볼 거니까 그런 이유로 헤어지기도 하고 그래요. 금요일 토요일에 만나기로 했으니까 그냥 만나고 보는 느낌이랄까요? 이러다가 권태기가 오는 건 아닐지 걱정입니다. 어떻게 하면 좋을까요?

A 처음에는 특별함이었지만 지금은 일상이라서

서로의 관계가 그만큼 오래되었다는 것이기도 해요. 사랑에는 결국 어느 시점 즈음 되면 우리가 한 약속들도 약속이라기보다는 일상이 되기 때문에 이런 일이 일어나는 것인데요.

그럴 때는 차라리 다시 판을 짜보는 과감함이 필요할지도 모릅니다. 어느 날은 미친 척 며칠 같이 보내자고 제안하거나, 갑작스러운 여행을 가보거나, 서로의 친구들과 함께 만나서 시간을 보내거나 하는 거죠. 일상처럼 편하게 하던 데이트를 벗어나 격주 혹은 한 달에 한 번이라도 특이점을 줘보는 건 어떨까요?

연애는 편안함이기도 하지만 노력이기도 해요. 그러니 서로 많은 이야기를 나누고 새로운 자극을 위해 노력해보시면 좋을 거 같아요.

Q
딩크족 애인

저희는 최근에 결혼에 관해서 진지하게 이야기를 하고 있는 커플입니다. 애인은 결혼 후에 자녀에 대한 생각이 없다고 합니다. 단순히 '생기면 낳아야지.' 같은 느낌이 아니라 아예 가지기를 원치 않는데요.

반면 저는 어릴 때부터 아이를 가지고 이상적인 가정을 꾸리는 것을 목표로 삼아왔기 때문에 애인의 그런 의견에 너무 충격입니다.

이런 상황 속에서 애인을 잘 설득할 수 있을까요?

A 설득의 문제가 아닌 것 같아요

연애를 하다가 결혼이라는 관문에 도달할 때 즈음이면 우리는 필연적으로 그냥 연애를 할 때보다 많은 생각을 하게 됩니다. 이 문제 역시 마찬가지죠. 최근 들어서는 아이를 가지지 않고 서로의 직업적 성취나 삶에 더 집중하는 딩크족이 늘고 있어요. 애인분의 가치관도 존중받아야 한다는 점을 명심하셔야 해요. 다른 가벼운 문제가 아니라 가치관의 차이라면 설득을 하려 하기보다는 일단 입장을 피력하고 조건에 따라서 생각이 바뀔 수 있을지 없을지 여부를 먼저 판단해보시는 게 좋을 것 같아요. 만약 완고하다면 본인의 가치관을 바꿀 수 있을지 없을지 여부도 판단해봐야겠죠.

Q

혼자 있는 시간이 더 좋아요

요즘 들어서 혼자 있는 시간을 더 편하게 느끼기 시작했습니다. 여자친구랑 만나서 무언가를 하는 것을 생각하면 피곤하고 귀찮다는 느낌만 들어요.

그래서 때때로 여자친구에게 그냥 피곤하다고 말하고 집에서 쉴 때가 많습니다. 그렇다고 여자친구에 대한 마음이 식었다거나 질린 건 아닌데 저는 왜 이럴까요. 이 문제로 벌써 몇 번은 싸워서 여자친구는 불만이 가득해요. 어떻게 해야 이 문제들을 해결할 수 있을까요?

A 때로는 마음에 내키지 않아도

연애가 귀찮아지고 혼자 있는 게 좋은 시기가 올 때가 있죠, 하지만 그런 마음들은 점점 여자친구를 외롭게 만드는 원인이 됩니다.

연애는 때로 내가 행복하기 위해서 조금 이기적일 필요도 있다지만 지금과 같은 상황에서는 해당되지 않는 말인 것 같네요. 만나는 게 내키지 않고 귀찮아도 연인을 위해서, 연인이 기뻐하는 모습을 보기 위해서 함께 시간을 보내고 늘어지는 이 감정을 바로잡아야 할 필요가 있을 것 같아요.

스스로가 그런 마음을 먹지 못한다면 권태기가 오는 것은 시간문제예요. 헤어지고 나서 그때 잘할 걸, 하고 후회하기보다는 있을 때 잘하시길 바라요.

Q

주변의 훈수

처음부터 주변에 알리고 시작한 사이였는데요. 연애 사실을 공개하고 시간이 좀 지나자 주변에서는 점점 "언제 결혼하냐.", "요즘은 어떻냐."부터 시작해서 저는 별로 생각도 안 하고 있던 것들. 예를 들면 "처음에는 어땠는데 역시 시간이 지나서 그런가? 남자친구가 전 같지 않다." 같이 불필요한 훈수와 지적이 이어지고 있어요.

이럴 줄 알았으면 차라리 공개를 안 할걸 그랬나 싶어요. 저런 소릴 자꾸 듣다 보면 가끔 혹할 때도 있고. 연인과는 그래도 우리만 생각하자면서 열심히 다잡고 있는데요. 이런 문제는 어떻게 해결하면 좋을까요?

A 화목하던 사이도 망치는 주변 훈수

그러한 상황임에도 불구하고 자기중심을 잘 잡고 계신 것이 참으로 다행이라는 생각이 드네요. 하지만 주변인들은 그런 훈수나 지적을 멈추지 않을 것 같으니 한 번은 관계가 조금 불편해지더라도 연애에 대해서 언급을 자제해주길 단호하게 요청하는 것이 좋아 보여요.

별 악의 없이 한 말이라도 나를 걱정한다는 핑계로 만족스러운 연애를 계속 지적한다면 그건 옳지 않은 것이니까요. 지금처럼 연애는 본인의 결정과 본인 중심으로만 해나간다고 생각해 보세요. 너무나도 잘하고 계신 거예요.

자존심에 핑계를 대고

자존심에 수동적으로 행동하고

그렇게 나의 연애는 없어지고

주변에 연애를 상담할 때

내 편을 안 들어준다고 해서

거르고 거르다 보면 결국

조언을 얻기보다 그냥 헤어져도

어쩔 수 없는 핑곗거리만 얻게 되더라

Q

결혼을 위한 마음의 준비는 언제쯤 되는 걸까요?

 저는 결혼을 위한 돈을 많이 모으지 못한 상태입니다. 그래서 여전히 불안정한 나날을 보내고 있는데요. 여자친구는 은근히 결혼에 관해 계속해서 저를 떠보기 시작합니다. 저는 아직 우리를 책임질 자신도, 준비도 안 되어 있는데요.

그 때문에 여자친구와 무턱대고 결혼하면 여자친구를 불행하게 만들지 않을까 하는 생각에 주저하게 됩니다. 이런 상황에서 저는 어떻게 해야 할까요? 솔직하게 준비가 안 되었다고 더 기다려 달라고 이야기하는 게 좋을까요?

A 언제나 준비 없이

돌이켜 생각해 보세요. 지금을 살아가는 우리는 준비 없이 어떤 상황에 맞닥뜨리는 경우가 훨씬 많거든요. '아직 연애할 때가 안된 것 같아.', '놀 때가 아닌 것 같아.', '결혼할 때가 아닌 것 같아.' 등. 그럼에도 우리는 사랑하고, 그 사랑을 지키기 위해 열심히 노력합니다.

결혼은 좀 더 현실적이고 신중해야 하는 문제기는 하지만 나 혼자서 준비가 안 되었다고 계속해서 연인을 그냥 기다리게 하는 것은 좋지 못해요. 나의 부족한 부분을 도와줄 수 있는지. 단순히 그냥 기다리는 게 아니라 어떻게 해나가면 좋을지. 함께 생각해봐야 할 것 같아요. 결혼도 연애처럼 함께 하는 거잖아요.

그러니 솔직하게 가지고 있는 불안과 걱정을 털어놓고 연인과 이야기해보세요. 의외로 내가 과하게 생각하고 있는 부분이 있을 수도 있으니까요.

Q

너무 경험 없이 결혼하는 것 같아요

저는 처음 사귄 남자친구와 오래 사귀어서 이제 곧 결혼을 앞두고 있습니다. 첫사랑이 이루어져서 물론 행복하지만, 요즘엔 결혼하기 전에 다른 남자도 만나봐야 했던 거 아닐까 하는 생각이 종종 듭니다.

아무것도 모를 때 만나서 그냥저냥 큰 탈 없이 만나다 보니 지금이 된 것 아닐까. 이런 생각도 드는데요. 경험이 많을수록 좋다는 말에 요즘 너무 휘둘립니다. 저는 잘못 선택한 것일까요?

A 경험은 결국 해피엔딩을 위한 것

물론 경험이 많으면 이런저런 경험으로 인해서 앞으로 겪을 문제를 조금 더 잘 극복하거나 대처할 능력이 생길 수는 있죠. 하지만 결국 결혼에 관한 모든 고민은 행복한 삶을 위해서잖아요.

이미 연애에서 첫 번째 결말의 문턱에 도달했잖아요. 남들은 이런저런 고통을 겪으면서도 닿지 못하는 곳에 도달했다고 생각하시면, 경험보다는 지금 가진 것을 지키기 위해 마음을 다잡는 게 더 현명한 판단이라는 생각이 드실 거예요.

늘 가지지 못한 것은 좋아 보여요. 하지만 그것에 현혹되는 순간, 내가 가지고 있던 것도 잃어버릴 수 있다는 걸 잊지 마세요.

Q

결혼 전 우울증일까요?

저는 이제 세 달 뒤면 결혼을 합니다. 아직 이런저런 신경 써야 할 것들이 남았는데요. 그런 와중에도 저를 잘 다독여주고 제가 원하는 대로 따라와 준 남자친구 덕분에 지금까지 올 수 있었던 것 같습니다.

하지만 최근에는 결혼이나 그 이후에 관해 생각하다 보면 이유 없이 우울해지고 의욕이 없어집니다. 결혼 전에 우울증을 겪는 사람들이 있다고는 하지만 저는 안 그럴 줄 알았었기에 더 힘든 것 같습니다. 어떻게 하면 이 우울감에서 벗어날 수 있을까요?

A 때로는 가까운 일들에만 집중할 필요도

결혼이 얼마 남지 않았을 때 여러 예비 신부님들은 우울감에 빠지곤 합니다. 그 이유는 다양한데, 지금의 경우에는 너무 나중의 일을 앞서 생각하고 계시기 때문인 거 같아요.

결혼을 하고, 여행을 가고, 새로운 집에 들어가는 것 외에는 그냥 하루하루를 평범하게 살아간다고 생각하면 뭔지 모를 허무함이 생길 수 있어요. 그와 동시에 생긴 책임감이 나를 힘들게 할 수도 있고요.

우울감에서 벗어나는 방법은 의외로 간단할지도 몰라요. 그런 먼 미래의 일들을 지금부터 걱정하지 말고, 연애할 때처럼 당장 눈앞의 만남과 하루하루를 더 즐겨보시는 거예요. 그게 다 나중을 살아가게 할 추억이 될 테니까요.

Q

점점 어색해져요

저희는 참으로 미지근한 연애를 해왔습니다. 연락도, 만남도 그냥 되면 되는 거고, 아니면 아닌 거고 같은 느낌으로 해왔죠. 저희를 아는 주변 사람들은 그럴 거면 왜 사귀냐고 하는데 저희는 그래도 나름 괜찮았어요.

하지만 점점 시간이 지나고 이젠 만나면 어색한 느낌까지 들어요. 할 말도 줄어들고, 만나도 그냥 재미있는지 없는지도 모르겠고, 서로의 말에 집중하지도 않고, 다음에 뭘 할지 기대도 되지 않습니다. 이별이 다가오는 것일까요?

A 서로 노력할 생각이 있는지 우선 대화를

연애를 하다 보면 어느 순간 우리가 남보다도 못할 정도로 불편해지는 시기가 오기도 해요. 그런 순간은 그냥 아무 이유 없이. 마치 책장을 넘기다가, 혹은 서류를 넘기다가 무심결에 손이 베이게 되는 것처럼 다가오는데요.

이것은 권태보다 더 무서운 감정이에요. 무관심이라는 건 단순히 싫다, 좋다의 문제가 아니라, 앞으론 이 연애에서 어떤 것도 의미를 가질 수 없다는 뜻이니까요.

이러한 부분은 의외로 서로 노력하려는 의지가 있다면 쉽게 해결되는 단순한 문제일 수도 있어요. 하지만 그럴 의사가 없다면 두 분 사이는 거기까지일 거라는 마음의 준비도 필요해 보여요.

핑계보다는 솔직하게 인정하고
잘할 수 있다는 믿음을

어떻게 하면 연애를 잘할 수 있을까요? 수많은 커플의 이별과 만남을 다루면서 이 질문을 정말 많이 듣는데요. 함께 고민하고 또 지금도 고민하면서도 솔직히 이 질문에 절대적인 답은 없는 것 같다는 생각이 들어요.

연애를 잘하기 위해선 본인이 갖춰야 할 부분도, 노력해야 하는 부분도 있어요. 하지만 어떨 때는 힘을 빼고 자연스럽게 대하는 것이 진짜 연애를 잘하는 길이 되는 경우도 있어요.

결국에 이 모든 건 과정이겠죠, 사랑하고 갈등하고. 하지만 그 과정을 겪어내는 도중에 나는 얼마나 부질없는 자존심으로 스스로를 포장했는가. 혹은 당연함을 핑계로 내 잘못을 방치했는가 생각해볼 필요가 있어요. 그렇게 해서 나는 정말 행복해졌는가, 그렇게 해서 나는 얻고자 하는 걸 얻었는가도 말이죠.

우리 모두 다 알고 있잖아요. 내가 이렇게 하기만 해서는 결국 잘 풀리지 않을 거라는 거. 하지만 괜스레 못된 마음이 솟아서 자존심부터 세우게 만들죠, 거기에서 벗어날 필요가 있어요. 그 시작으로 나의 부족한 면, 솔직한 면까지 사랑해줄 수 있는 사람을 만나야겠죠. 그러기 위해 필요한 안목과 여유를 가져보는 건 어떨까요. 자존심에, 혹은 이런저런 핑계에 그릇이 작은 사람이 되지 말고요.

그렇게 솔직하게 모자란 부분을 인정하고 여유를 가지다 보면 이별이 멀어지고 사랑이 늘 함께하는 그런 연애를 할 수 있을 거라고, 저는 믿어요. 완벽한 사람은 없기에 나의 부족한 면보다 좋은 면을 봐줄 사람을 만날 수 있을 거라고 생각하거든요.

그러니 여러분도 함께 믿어보셨으면 좋겠어요. 얼마든지 연애를 '잘'할 수 있지만, 단지 나의 부족한 모습을 내보이는 솔직함이 부족한 것뿐이라고.

급상승 검색어

1~10위	11~20위

1 생활 패턴이 너무 다른 사람

2 헤어지고 미련이 남을 때

3 그 사람 마음 돌리기

4 나보다 친구를 더 좋아하는 그 사람

5 뜸해지는 연락

6 성향이 다른 우리

7 질투가 심한 여자친구

8 막말을 하는 애인

9 나는 되고, 너는 안 돼

10 감정 쓰레기통

우리도 어쩔 수 없나 봐

예전 기억 때문에 힘든 연애

스타일이 맞지 않은 연애 |　　▾　Q　✎ 질문

자격지심이 심한 남자친구

역시나... 또

언제나 그렇듯

그렇게 갑자기

정말 갑자기

생각지도 못하게 다가왔다. 이별이.

Q

헤어진 전 남자친구에게

저는 며칠 전 남자친구에게 이별 통보를 받았습니다. 서로 너무 안 맞아서 헤어지길 잘했다고 생각은 하는데 헤어지면서 내가 얼마나 힘들었는지는 전 남자친구가 알았으면 좋겠어요.

이별 통보를 받을 때는 그냥 담담했는데, 막상 시간이 며칠 지나고 보니까 그동안 제가 다 참아주었던 모든 것들이 생각나서 조금은 힘드네요. 그래서 한마디라도 하고 싶은데 뭐라고 해야 할까요. 뭐라고 말해야 내가 힘든 것을 알아줄까요?

A 내 마음과 너무 달랐기에 헤어진 것을 잊지 말기

잘 생각해 보세요. 정말 그동안 지금 내가 생각하는 말을 못 했는지, 차근차근 생각해보다 보면 이미 나는 충분히 할 만큼 했지만 말만 하고 지켜지지 않는 상대를 혹은 싸우고 난 뒤 회피만 한 상대를 계속 봐 왔잖아요.

말한다고 알아줄 사람이었다면 우리는 헤어지지 않았겠죠, 내가 힘든 걸 알든 모르든 우린 안 맞는다는 거. 그래서 우리가 헤어졌다는 것을 잊지 마세요.

Q

생활패턴이 다른 사람과의 연애

남자친구에게 헤어지자고 말하고 이제 한 달쯤 흘렀네요. 그래도 여전히 남자친구 생각이 나서 질문드려요. 저와 남자친구는 생활 패턴이 너무 달라요. 남자친구는 밤 저는 낮에 주로 활동을 하는 식이에요.

그러다 보니 낮에 데이트를 하면 남자친구가 항상 졸려 하고, 밤에 만나면 제가 오래 깨어있지 못해서.. 결국 이 문제로 헤어졌는데요. 문제는 저는 여전히 그가 생각나고 좋아요. 아직 연락도 하고 있고요. 그래서 잊지 못하고 있는데, 다시 만나도 해결되지 않을 문제들을 생각하니 너무 답답해요. 패턴이 다른 남자친구와 잘 사귈 수 있는 방법은 없을까요?

A 바꾸거나 바뀌어야 할 문제가 아니에요

생활패턴이 달라서 힘든 커플이 많죠. 그럼에도 못 잊겠다면 해볼 만큼 해본다는 생각으로 우선, 서로의 패턴을 바꾸려고 요구하기보단 그 패턴에 적응하는 게 필요해 보여요.

예를 들어 낮과 밤 그 어디 즈음 시간을 정해서 정말 짧게라도 만나고 헤어지는 데이트도 괜찮을 것 같아요.

우리의 연애잖아요. 남들 하는 평범한 데이트는 못 해도 만나서 시간이 짧으니 더 애틋하게 뭘 하든 딱 하나만 정해서 그것만 짧게 하고 헤어지는 그런 둘만의 연애를 해본다 생각하고 다시 만남을 제안해보는 것이 두 사람에게 맞는 답일 수도 있지 않을까요?

Q

내가 이기적인 걸까요?

저는 평소에 호불호가 확실한 성격이에요. 그래서 처음 남자친구를 만났을 때도 저만의 선을 넘어서 행동하는 남자친구가 버거워 거리를 두었어요.

그러다 우연한 계기로 사귀게 되었는데 사귀고 난 이후에도 남자친구가 저를 불편하게 만드는 상황이 계속되었습니다. 배려가 없는 남자친구의 행동을 참다 참다 결국 당신의 어떤 행동들이 나를 너무 힘들게 만든다고, 배려해달라고 화를 내게 되었습니다. 남자친구는 오히려 네가 너무 이기적이라면서 이별을 말했습니다.

제가 이기적이었던 걸까요? 아니면 그냥 남자친구가 배려가 없는 사람이었던 걸까요?

A 연애를 할 거라면 호불호보단 변화나 적응을 가까이

호불호를 가른다는 건 어떤 면에서는 어중간하지 않고 좋을 수 있죠. 하지만 나의 모든 호불호는 그냥 말 그대로 나만의 호불호일 뿐이잖아요. 그것을 상대가 어겼다고 해서 그것을 무례하게만 보면 상대도 그렇게 행동하는 모습을 보며 자신의 호불호에 맞는 이해도를 가지지 못했기에 이기적이라고 말할 수도 있지 않을까요?

그러한 구분이 때로는 나와 가까운 사람들을 멀리하는 이유가 되게 될 수도 있어요. 그러니 누군가와 함께 할 거라면 호불호보다는 조금 변화나 적응을 가까이해보면 어떨까 싶어요. 헤어지더라도 최소한 내가 적응하려고 해봤다는 기억이 남으니 미련도 덜 할 거고 다음 연애는 더 확고해질 테니 말이죠.

Q

주변 사람들의 말만 듣고

애인이 제가 너무 편해서 좋다고 이야기를 한 적이 있었어요. 그 말을 듣고 이제 나에게 설레지 않는 건가 싶은 생각이 들었어요. 솔직히 칭찬 같으면서도 조금 기분이 상해서 그냥 어정쩡하게 답하고 넘어갔어요.

그 일을 친구들과 이야기해보니 마음이 식어서 그런 거 아니냐고. 요즘 데이트를 할 때에도 대충하고 그러지 않냐고 하더라고요. 괜히 그런 말들에 혹해서 애인과 다투고 홧김에 헤어지자고 말을 했어요.

근데 생각해보면 애인이 저에게 잘못한 건 없는 것 같아요. 괜히 친구 말에 휘둘린 거 아닐까 하는 생각이 들어 미련이 남기 시작하네요. 저는 어떻게 해야 할까요?

A 연애는 주관이에요

음 우선 미련에 또 갈팡질팡하기 전에 나는 이 연애를 왜 하고 싶고 어떻게 하고 싶은지부터 생각해 볼 필요가 있을 것 같아요. 연애를 하다 보면 내 기분이 나쁠 수도 불안할 수도 있죠, 하지만 그 상황에서 '괜찮다'의 잣대를 내가 아닌 타인에게 두면 지금처럼 이렇게 진정으로 자신을 사랑해주는 사람을 놓치게 될 수도 있답니다.

스스로도 애인이 그렇게 잘못한 것은 없다고 느꼈다면 그게 맞는 거예요. 연애는 내가 하고 싶은 사람과 내가 하고 싶은 대로 해나가는 게 중요해요.

그렇게 나를 이별로 몰아넣은 친구들이 내가 미련 갖는다고 다시 애인과 나를 재회 시켜줄 것도 아니잖아요. 더 늦기 전에 애인에게 진심으로 사과하고 잡을 수 있게 마음을 전해보는 건 어떨까요?

Q

여자친구의 마음을 돌리고 싶어요

여자친구와 저는 여러 번 헤어졌다, 만났다가를 반복
했어요. 이유는 저의 진로 문제로 의견 충돌이 많았
기 때문이에요. 여자친구는 제가 그냥 성실하게만 살
면 된다고 일단 뭐라도 하라는 입장이었지만, 저는 그
래도 무작정 아무거나 하기보다는 제가 좋아하는 일
을 찾아서 하고 싶다는 입장이었습니다.

저는 늘 여자친구에게 일단 알겠다고 하면서 당장 다
툼을 피하려고 여자친구의 말을 수용하는 척했어요.
그러다 결국에는 지켜지지 않는 말이 쌓여 이번에는
정말로 마음이 돌아선 것 같아요. 여자친구의 마음
을 이해는 해요. 하지만 그게 말처럼 쉽지는 않더라
고요. 제가 어떻게 해야 여자친구의 마음을 돌릴 수
있을까요?

A 삶은 종종 실망스럽죠...

내가 원하는 진로도 내가 원하는 사랑도 다 가질 수 있다면 얼마나 좋을까요. 하지만 삶은 종종 내게 둘 중 하나만을 가지는 선택지를 주곤 한답니다. 그것에 욕심내다가는 둘 다 얻지 못하는 경우도 있지요. 어느 쪽이든 선택하셔야 할 거랍니다. 둘 다 얻지는 못해요.

정말 하고 싶고 계획한 일이 있는 게 아니라면, 나를 그만큼 이해하고 헤어졌다가도 다시 만나준 사람을 위해 그 사람이 제안한 방향으로 한번 가 보는 건 어떨까요? 그것도 결국에는 내가 좋아하는 방향이 될 수 있지 않을까요?

부디 사랑한다는 말이

이기심을 위한

핑계가 되진 않기를

번히 알고 있는데도

그래도 라며 욕심내다가

상처받는 건 언제 즈음 그만하게 될까?

Q
나보다 친구를 더 좋아하는 남자친구

제 남자친구는 원래 인맥이 넓었어요. 그렇게 사교적인 모습에 끌려서 만나게 되었는데, 막상 사귀고 보니 저에게 쓰는 시간보다 친구들에게 쓰는 시간이 더 많더라고요.

저는 점점 외로움이 커져가는데 남자친구는 자기 친구들이랑 같이 놀자고 이야기할 뿐이네요. 제가 무엇을 원하는지는 알아주지 않는 것 같아요. 이런 사람과는 헤어지는 것이 맞겠죠?

A 좋아했던 이유가 이젠 싫어하게 되는 이유가 된다면

처음 그 사람에게 반한 이유가 막상 겪어보니 좋은 것만은 아니라는 걸 느끼게 될 때 우리는 많이 갈 등하게 되죠. 분명 괜찮은 사람인 것 같은데 연애에 서는 맞지 않는 지금과 같은 상황이 있을 수 있죠.

결국 연애를 잘한다는 건 단순히 내가 처음 기대했 던 연애의 이미지를 얼마나 현실 상황에 맞춰 잘 선 택하느냐에 달려있습니다.

잘 맞는 쿨한 여자친구가 되는 것도, 성향이 다른 전 여자친구가 되는 것도 결국 나의 선택일 뿐인 거 죠. 계속해서 남자친구가 어떠했으면 좋겠다 생각하 기보다는 내가 어떤 여자친구가 되고 싶은지 먼저 생각해보시는 건 어떨까요?

Q

그냥 내 편이기만 하면 안 되는 거였을까요?

저는 서비스업에서 일을 하고 있어요. 그러다 보니 이런저런 고객들로 인해서 정신적으로 너무 힘든데요. 솔직히 애인에게 이야기하는 건 어떤 해결책을 얻기 위해서가 아니라 단지 위로를 받고 싶을 때가 많아서인데, 애인은 그냥 별일 아니라는 식으로만 이야기하면서 무시하라고 합니다.

그런 애인을 참다못해 결국 헤어지자고 말을 했는데요. 저는 왜 그렇게 공감받지 못하는 연애를 한 걸까 하는 생각이 지금까지도 저를 너무 힘들게 하고 있어요. 제가 많이 부족해서 그런 걸까요? 아님 저를 덜 사랑해서 그런 걸까요?

A 상대가 공감 못 해준 것일 뿐 내가 못난 건 아니에요

그런 날이 있죠, 그냥 일이 너무 힘들어서 어디다 하소연하고 그냥 다 괜찮아질 거라고 애썼다고 위로받고 싶은 날. 무조건적인 위로로 혼자 외롭게 싸워온 하루를 털어내고 싶은 그런 날이 있죠.

내 상황에 공감해주지 않는 사람 때문에 내가 부족했다고 내가 매력이 없었던 건 아닐까 하면서 자책할 필요는 없어요. 잘 헤어지신 거예요.

오히려 그런 사람을 빨리 털어내서 더 사랑해줄 누군가를 만날 기회가 열린 거라고 생각해 보세요. 슬픔은 잠깐이면 지나갈 거고 곧 애쓴 만큼 더 좋은 사람을 만날 거예요.

Q

연락을 자주 하는 것이 그렇게 어려운 일인가요?

저와 남자친구는 소개팅에서 처음 만나 연애를 시작
하게 되었어요. 주선자를 통해서도, 처음 만나서도 저
는 연락이 잘 되기만 하면 다른 조건은 필요가 없다
고 얘길 했어요. 하지만 다른 사람이 그러했듯 이 사
람도 결국 충분히 만족을 느낄 만큼 연락이 잘 되는
것은 아니었어요.

항상 뭔가를 하고 있었고, 연락이 되어도 저에게 잘
집중하지 못하는 것 같았어요. 결국 남자친구는 저의
불만을 수용하지 못하고 미안하다며 이별을 말했는
데요. 벌써 몇 번째 이런 이유로 헤어짐을 겪고 있어
요. 주변을 보면 다 그렇게나 자상하게 연락을 하는
데 왜 저는 항상 이렇게 꼬이는 것일까요. 대체 뭐가
문제일까요?

A 취향은 존중하지만

누군가는 그렇게까지 연락에 목매는 것이 문제라고 말할 수도 있을 거예요. 상대 입장은 생각하지 않고 내 감정만 중요한 것처럼 보일 수 있고요. 어찌 되었든 그것이 개인 취향이라면 그냥 막연히 "잘 되는" 보다는 구체적인 기준을 언급하며 사람을 만나보시는 건 어떨까요?

누군가에게는 별나게 보이는 나라도, 누군가에게는 딱 맞는 사람일 수 있죠. 다만 너무 한 가지만 고집하는 건 좋지 않아요. 나의 취향이 맞추기 힘든 거라면 같은 취향의 사람을 만날 가능성은 매우 낮기에 점점 고립될 수도 있잖아요. 그러니 언제든 열린 가능성을 고려하고 내 취향을 내세우길 바라요. 다른 사람의 연인이 연락을 잘하는 것처럼 보이는 건, 언제나 남의 떡이 더 커 보이기 때문이라는 것도 잊지 마시고요.

Q

의심이 너무 많은 남자친구

처음 사귈 때는 그저 저를 너무 많이 좋아해서 저의
모든 것을 궁금해한 남자친구. 겪어보니 너무나도 의
심이 많다는 걸 느끼고 있는데요. 제가 어디를 가도
항상 남자가 있는지 없는지를 경계하고 혹시라도 남
자가 있으면 1초 만에 반해서 무슨 일이라도 생길 것
처럼 집착을 하는 상황입니다.

어디를 가면 가는 대로 시간대별로 사진을 찍어서 인
증해주기를 재촉하고, 조금이라도 연락을 늦게 받으
면 불같이 화를 내면서 자신을 사랑하지 않는다고
합니다. 저와 자신을 비난하면서 너무나도 무섭게 행
동하는데, 한편으로는 안쓰럽기도 하고 한편으로는
내가 이걸 얼마나 더 견딜 수 있을지 의문입니다. 이
런 상황 헤어지는 게 답일까요?

A 집착은 사랑이 아니에요

가끔 우리는 얼마만큼 사랑받는지 알고 싶어 하죠. 어떤 이는 관심의 크기로 그 정도를 체크하기도 해요. 아마 남자친구분은 자신의 낮은 자존감을 그런 식으로 채우고 있는 게 아닐까 싶어요.

그렇기에 나쁘게만 볼일은 아닐지 몰라요. 그저 마음이 성숙하지 못하고 아프기 때문에 그 불안을 표출하는 것이죠. 하지만 계속 그렇게 집착만을 안정의 도구로 삼으며 당연하다 생각하고 발전하려는 마음이 없다면 더 이상 관계 유지는 힘들겠죠. 집착은 사랑이 아니에요.

Q

사소한 것 하나하나에 자꾸 잔소리하는 여자친구

제 여자친구는 성격이 매우 꼼꼼한 편이에요. 반면 저는 그냥 되는대로 사는 성격이고요. 처음엔 그런 성격 차이가 문제가 되지 않을 정도로 잘 만났는데요. 최근 들어서 점점 제가 편해지는 건지 저의 일상 하나하나에 간섭하고 잔소리가 늘어가는 느낌이 들어요.

저는 그게 너무나도 버거워서 여자친구에게 그만해 달라고 했지만, 여자친구는 다 저를 위한 거라며 모든 걸 본인의 지적대로 고쳐주길 원하고 있어요. 그렇다고 해서 제가 심각하게 게으르거나 꼭 해야 할 일을 안 하는 건 아닙니다. 단지 미리부터 챙기질 않을 뿐이죠.

고민 끝에 이별을 말하려고 해요. 혹시 이것을 극복할 다른 방법이 있을까 하는 마음에 질문 남기지만 아무래도 헤어지는 게 맞겠죠?

A 성격 차이. 결국에 가장 중요할지 모르는 현실

연애를 해봤다면 누구나 이런 문제 한 번씩은 다 겪어봤을 거예요. 조금만 더 맞았으면 좋겠는데, 조금만 더 번듯했으면 좋겠는데. 이런 욕심이 우리를 발전적으로 만들기도, 우리를 이별하게 만들기도 하죠. 결국 얼마나 지금의 현실에 만족하느냐의 문제에요.

더 나은 사람보다, 더 내게 맞는 사람을 찾아서 연애하시게 될 거예요. 이번 일들로 다른 무엇보다 성격이 잘 맞는 것에 대한 중요성을 느끼셨을 테니 말이에요. 그러니 극복할 방법에 미련 두기보다 솔직한 마음의 소리를 따라가 보시길 바라요. 이미 떠난 마음을 미련 때문에 붙잡고 서로를 힘들게 하지 말아요.

연애를 시작할 때는

뭐가 좋고 뭐가 좋아서라는

많은 이유가 있었는데

연애가 끝날 때는

"안 맞았다"라는

이유 하나로 다 설명이 되네

사랑에 눈멀었다는 말은 정말 맞는 말이야

사랑에 눈멀어서 사랑한다는 말로

집착하고 간섭하면서 그게 당연하다

느끼게 만들잖아

그럼 덜 사랑해야 하는 것일까?

Q

바람피우고 떠난 애인

반년 전쯤 바람피우고 떠난 애인에게 얼마 전 연락이 왔습니다. 그 친구를 잊기 위해서 참 많은 시간을 힘들게 보냈는데 막상 연락이 오니 다시 받게 되더라고요.

그렇게 저를 떠나서 시작한 연애는 서로 집착하게 되어서 두 달을 못 가 헤어지게 되었고 그때 저의 소중함을 깨달았다고 하네요. 그러면서 용서하고 다시 받아달라고 하는데요. 바람피운 건 용서가 되질 않는데 그 친구와 좋았던 시간 때문에 마음이 흔들립니다.

용서가 되지는 않는데 그 친구와 좋았던 시간 때문에 마음이 많이 흔들립니다. 어떻게 해야 할까요?

A 좋은 기억을 남기고 싶다면

나를 상처 주고 떠난 사람이라도 내가 사랑했기에, 혹은 정이 남았기에 여전히 흔들리고 약해질 때가 있죠. 하지만 애인을 잊기 위한 시간을 보냈고 지금 좋은 기억만 남아있다면, 그 좋은 기억을 간직하기 위해서 노력하는 편이 좋지 않을까요?

좋은 기억을 기억하듯 나쁜 기억도 사실 기억하고 있잖아요. 단지 순간의 애틋함에 흐려질 뿐이죠. 결국 그분을 용서하지 못하고 받아들인다면 지금 남겨진 좋은 기억마저도 망가질 거예요. 그냥 좋은 기억으로 남은 인연으로만 간직하시는 게 좋겠어요.

Q

거짓말을 하다가 들켜서 헤어졌어요

성격상 이런저런 불편한 이야기가 싫어서 여자친구
가 무엇을 부탁할 때마다 이런저런 거짓말로 넘겨
왔는데요. 결국 그것이 들키게 되어서 헤어지게 되
었습니다.

잡기 위해서 왜 그럴 수밖에 없었는지를 구구절절
늘어놓았는데 여자친구는 용서할 수 없다면서 돌아
섰습니다. 솔직히 너무나도 소소한 일들이라서 크게
문제가 될 거라고는 생각을 하지 않았는데.. 계속해
서 사랑하는 마음은 진심이라고 장문의 메시지를
써서 보냈으나 결국에는 차단 당하고 말았네요. 잊
을 수밖에 없겠지요?

A 사랑한다는 말도 믿음이 있어야 느껴진답니다

그냥 너무 사소한 일이라서, 작은 일이라서, 설명하기에는 늦어버려서. 라는 이유로 거짓말을 할 때가 있죠. 그런 이유로 관계가 깨졌을 땐 해명보다 상대가 받았을 상처에 대해 진심 어린 사과를 먼저 해야 해요.

"거짓말 한 건 미안해. 하지만 이유가 있어서 그럴수밖에 없었고, 너를 사랑하는 건 진심이야."라고 한다고 해서 모든 게 없던 일이 되는 건 아니에요. 이미 신뢰를 잃은 상태에선 아무리 해명한다고 해도 전해지지 않을 테니까요.

상대방이 실망한 시점이 있을 거라고 생각해요. 단한 번의 거짓말로 이렇게 된 게 아니잖아요. 상처에 대한 사과 대신 변명과 일방적인 진심의 전달로 상대방에게 더 큰 상처를 준 건 아닐까요? 너를 사랑한다는 진심은 접어두고 우선 진정성 있는 사과부터 해보시는 건 어떨까요?

Q

모든 말을 삐뚤게만 받아들이는 여자친구

제 여자친구는 스스로 자기 비하를 너무나도 많이
하는 편이에요. 처음에는 그런 여자친구에게 힘이
되어주고자 친하게 지내고 가깝게 지냈어요. 그런데
시간이 지날수록 나아지기는커녕 점점 저의 반응
을 시험하기라도 하듯 저의 표정, 말투 하나하나에
너무나도 민감하게 반응합니다. 정말 사랑하지만 대
부분의 말에 의미를 부여하고 삐뚤게만 받아들이는
여자친구. 이대로 만나는 게 맞을까요?

A 때로는 따뜻함이 답이 아닐 때가 있습니다

자존감이 낮은 사람과의 연애는 가끔 힘든 부분이 있어요. 계속해서 상대의 자존감을 채워주기 위해서 정신력 소모를 많이 해야 하니까요. 처음에는 그런 모습이 안타까워 돕고자 하는 마음에 가까워질 수는 있어요.

하지만 내가 영원히 상대를 채워주고 상대는 내게 기대기만 하는 관계를 원하는 게 아니라면, 이런 따뜻함은 득보다는 서로에게 독이 되는 경우가 많을 것 같아요. 어쩌면 그 친절함과 따뜻함에 스스로 자립하려는 생각 없이 그저 불안감만을 해소하며 지내려 할 수 있으니까요. 관계의 지속에 대해 진지하게 고민해보실 필요가 있을 것 같아요.

Q

헤어진 남자친구에게 연락이 와요

그와 저는 서로 결혼을 약속했던 사이였어요. 서로 너무 좋아했고, 그만큼 잘 맞았죠. 하지만 연애 기간이 길어지고, 미루기만 하는 남자친구와 빨리 결혼하고 싶은 저 사이에 의견 충돌이 생겨 결국 헤어지고 말았어요.

그를 잊기 위해 노력했지만 도저히 잊혀지질 않아요. 괴로운 날들이 최근까지 이어졌는데 그도 힘들었는지 저에게 연락이 왔어요. 처음에는 달라질 게 없을 것 같아서 거절했는데, 계속 연락이 오니까 힘들어요. 결혼에 대한 생각은 달라지지 않은 거 같은데 어떻게 해야 할지 너무 괴롭네요.

A 멀어지려 해도 멀어질 수 없다면

두 분의 상황을 봤을 때 저는 다시 만나기를 권해드리고 싶어요. 어떤 문제가 있든 서로 멀어지지 못했다는 건 두 사람이 아직 해볼 만큼 충분히 부딪쳐보지 못했다는 뜻이기도 하니까요. 영원히 합의점이 마련되지 않을 것 같은 문제도 서로를 향한 마음만 있다면 해결할 수 있지 않을까요?

더 많이 갈등하고 더 많이 원하다 보면 끝은 있기 마련이고, 그 끝에서 어느 쪽이든 납득할만한 결과를 얻게 되실 거예요. 결혼이라는 중대한 문제이니만큼 서로 후회 없이 할 수 있는 거 다 해보시길 바라요.

Q

장거리 연애를 하다가 포기했는데 후회 중이에요

사귄 지 두 달 정도 된 연인이 갑작스러운 회사의 사정으로 인해 먼 곳으로 이사를 하게 됐어요. 개인적으로 장거리 연애는 싫어하기 때문에 연인과 대화 끝에 관계를 좋게 정리했습니다.

좋게 헤어졌기에 여전히 연락은 하고 지내는데 그곳에서 자리 잡고 잘 적응해나가는 연인의 모습을 보면서 이런저런 뒤숭숭한 마음이 들어요. 내가 괜히 헤어지자고 한 걸까 하는 후회도 하고요. 아직 한창 좋을 때였던 만큼 노력은 해봤어야 했던 게 아닐까 하는 생각도 들고요. 어떻게 해야 좋을까요?

A 충동에 이끌리는 사랑은 결국 본능에 밀리게 된답니다

좋은 관계로 끝맺었기에 지금 상황을 후회할 수는 있어요. 하지만 스스로가 장거리 연애를 기피했고, 본능이 이별을 선택했다면 그게 맞을 거예요. 상황이 지금과 달랐다면 그저 '그래 어차피 멀리 간 사람이고 장거리는 내가 못 견뎠을 거야'라고 생각하며 그냥 잊을 수도 있었을 일이고요.

표면적으로 느껴지는 좋은 부분들은 그저 좋은 관계로 마무리 지었기에 느낄 수 있는 부분들일 거예요. 서로를 위해 좋게 잘 마무리하셨으니 너무 후회하지 않길 바라요.

왜 평소에는 아무 생각도 없다가

이별만 하게 되면

그렇게 많은 생각을 하게 될까?

우리가 이렇게 싸울 줄 알았더라도

우리가 이렇게 안 맞을 줄 알았더라도

그랬더라도 우린 사랑하고

헤어졌겠지?

Q

결혼을 앞두고 헤어졌어요

얼마 전 결혼을 앞둔 남자친구와 헤어졌어요. 양가에서는 그 일로 난리가 났고, 저는 집에서도 있기가 힘들어서 지금은 밖에서 잠을 자요. 집에는 일주일에 한 번만 들어가고요. 남자친구는 계속 연락이 오지만 저는 받지 않는 상태에요.

집에서는 둘 사이에 무슨 문제가 있었던 것이냐부터 시작해서 저의 갑작스러운 파혼 선언에 모두들 원인을 찾으려 했지만, 저도 사실 이유를 잘 모르겠어요. 그냥 모든 것이 부질없게만 느껴졌고 진짜 그냥 결혼을 하고 싶지 않아지더라고요. 결혼을 얼마 앞두지 않았는데 저처럼 그냥 단순 변심으로 인해서 헤어지는 경우도 있을까요?

A 단지 이유를 찾지 못한 것일 뿐

사실 아무 이유가 없지는 않을 거라고 생각해요. 만일 두 사람의 결혼이 그냥 어느 정도 사귀었기에 마치 의무처럼 결혼을 이야기하고 흘러간 관계였다면, 연애에서 큰 다음 관문을 넘기가 주저하게 될 수 있어요.

연애에서 결혼은 큰 부분이죠. 그만큼 확신이 있어도 쉽지 않은 것이 결혼이고요. 그런 과정을 너무 그냥 당연하게 흘러가는 대로만 따라가다 보면 내 마음은 식어서 아닌 길을 그냥 가게 되어 있죠. 그렇게 소리 없이 마음이 식었던 건 아닌지 생각해보길 바라요. 만일 그게 맞다면 더 늦기 전에 잘 선택한 거예요.

Q

모든 것을 다 맞춰주었는데도 헤어졌어요

연애 초기부터 모든 걸 맞춰주는 여자를 좋아한다고 해서 말 그대로 그 사람에게 제 모든 것을 맞췄어요. 생활 습관부터 외모까지요. 그랬음에도 그 사람은 뭐가 불만족인지 결국에는 저와 헤어지려 하더군요.

저는 매달리고 또 매달렸지만 결국 그 사람은 저를 버렸고, 그 사람에게 너무 맞춰져 있다 보니 모든 것이 무기력해요. 뭐가 그렇게 부족했을지 자꾸 제 탓만 하게 되네요. 뭐가 문제였을까요? 그 사람에게 저는 그렇게나 부족한 사람이었을까요?

A 최선이라는 이름의 함정

나쁜 사람이었으니 헤어지길 잘했다는 소리도 많이 들었을 거예요. 저까지 뻔한 말을 하진 않을게요. 이미 충분히 알고 있겠죠. 내가 무엇을 몰라서 최선을 다하지 못했는지 스스로 자책도 하고 비참해지기도 할 거예요.

굳이 문제를 찾자면, 사랑을 잃을까 두려운 나머지 진짜 지켜야 할 걸 못 지켰단 것뿐이에요. 그건 바로 나 자신이고요. 지금은 납득되지 않을지도 모르지겠만 잘 생각해 보시길 바라요.

그 사람에게 맞춘다는 이유로 내게 맞지 않는 모습을 얼마나 만들어갔는지. 그럼 금세 알게 될 거예요. 사실 나는 나이기만 했어도 충분했었다는 걸요.

Q

헤어지고 바로 다른 사람을 사귄 전 애인

전 애인이랑 헤어진 지 한 달이 조금 지났어요. 저와 헤어지고 바로 다른 사람을 사귄 것을 SNS로 알게 되었는데요. 이 사람은 도대체 어떤 사람일까요?

연애가 귀찮다고 저를 밀어내고 외롭게 하고 다시는 연애 안 할 것처럼 굴더니 다른 사람을 사귄 걸 보면 그 사람은 저를 덜 사랑한 걸까요? 제가 뭐가 부족했던 것일까요?

A 다른 사람이 더 좋아서가 아니에요

이별 후 바로 다른 누군가를 사귀는 전 애인의 모습을 보면, 마음이 많이 아프죠. 하지만 알아야 할 것이 있어요. 그건 나를 덜 사랑해서라든가 내가 뭐가 모자라서가 아니에요.

그냥 상대의 사랑의 크기가 그 정도밖에 안 되는 거죠. 쉽게 누군가를 좋아하고, 만나고, 불편해지면 쉽게 놓아버릴 수 있는 거예요.

타인을 그 정도밖에 좋아할 수 없는 사람은 내게 맞지 않는 사람이에요. 그러니 스스로를 너무 탓하지 말아요.

Q

이성인 친구와 저를 비교해서 헤어졌어요

두 달 정도 사귄 애인이 있었는데요. 애인은 이성 친구들이 많았어요. 저와 다르게 그 친구들은 운동도 좋아하고 야외활동도 즐기는 친구들이에요.

애인은 그런 차이를 계속 언급하면서 비교했는데, 그것을 견디지 못해서 헤어지게 되었어요. 하지만 헤어지고 나서도 애인은 자기가 잘못했다며 계속 연락을 하는데요. 다시 만나보는 게 좋을까요?

A 문제는 이성 친구들이 아니라 서로의 성향 차
이

만약에 본인은 집돌이고, 애인은 야외활동을 즐기
는 성향의 차이를 가졌다면 아마 계속해서 그런 차
이점들이 부각될 거예요. 애인이 실질적인 비교를
하지 않아도 비교할 거라는 피해 의식이 생길 수도
있고요.

그렇기에 차라리 더 깊어지기 전에 여기까지로 선
을 긋는 것이 좋을 수도 있어요. 두 달 정도 된 연애
에서 견디지 못할 정도로 언급된 성향의 차이가 잠
깐 반성한다고 나아지는 건 아니니까요.

만일 우리가 다시 만날 거라면

우리가 헤어진 이유도

다시 마주하게 될 거란 걸 한번은

생각해봤으면 좋겠어

우리 정말 그 문제 때문에 힘들었잖아

또 그러고 싶어?

다시 만난다고 그 사람이

네가 머리로 그리고 기억하던

좋았던 그 사람이 되는 건 아니야

그런 사람이 아니어서

헤어진 거였잖아

Q
그 사람은 정말 아무렇지 않은 걸까요

저희는 같은 회사에서 일을 하다가 사귀게 된 사내 커플이었어요. 다른 사람들에게 알리는 게 싫어서 몰래 연애를 하고 있었는데요. 최근 사소한 것들이 쌓이고 쌓여서 다투다가 헤어지게 되었어요.

저는 하루하루 밥도 잘 못 먹고 잠도 잘 못 자고 일도 손에 안 잡히는데, 그 사람은 마치 보란 듯이 웃고 떠들며 어느 때보다 더 잘 지내는 것처럼 보여요.

그 사람은 정말 아무렇지 않은 걸까요?

A 말할 곳 없어서 더 슬픈 사이

어디에도 말하지 못해서 더 애틋할 수 있었던 만큼, 어디에도 말할 곳이 없어서, 우리 사이를 아는 사람이 없어서 더 슬픔에서 헤어나지 못하는 거 아닐까요? 마음껏 슬퍼하고 마음껏 어디든 털어놓을 곳을 만들어 보시면 어떨까요.

비밀 연애를 했기 때문에. 연애의 끝에서 나 혼자만 덩그러니 남아 슬퍼하는 것 같기에. 나는 혼자고 혼자 슬퍼한다는 느낌을 받는 거 아닐까요. 혼자가 아니라는 느낌을 받을 수 있도록 어디든 털어놓으며 비워내고 이겨 낼 수 있도록 해보시면 좋겠어요.

혼자가 아니에요. 그러니 너무 혼자 안고 가지 말아요. 다 괜찮아질 거예요. 언제나 그랬듯이.

Q

다른 사람이 생길까 봐 두려워요

연인과 헤어지고 다시 만나기 위해 노력 중이에요. 그와 싸웠던 문제를 고치고 다시 어필하고 싶어서 하루하루 노력 중인데요. 그의 SNS를 볼 때마다 자꾸 다른 이성과 소통한 것이 마음에 걸려요.

그 사람이 금방 다른 사람과 사귀진 않겠죠? 저에게 한 번이라도 다시 기회가 있었으면 좋겠는데, 그전에 다른 사람을 만날까 봐 너무 불안합니다. 어떻게 해야 할까요?

A 재회를 위해 노력한다면 노력에만 집중해야 해요

재회 상담을 하다 보면 많은 분들이 이러한 불안감 때문에 조급하게 굴어 재회에 실패하고는 한답니다. 만일 재회를 생각하고 있다면, 내게 문제가 있었고, 그 문제를 고치려 한다면 우선은 그 문제를 고치는 노력에만 집중해보는 게 좋아요.

괜히 SNS를 들여다봐야 나만 더 뒤숭숭해져요. 거기에 의미 부여를 하게 되고 점점 재회를 위한 노력보다는 그런 의미 부여에 휘둘리게 되고요. 지금도 마찬가지예요.

재회를 원한다면 상대보단 나를 들여다보는 시간을 더 가져보시는 게 어떨까요?

Q

노력해도 안 되는 인연

그 사람과는 너무 자주 헤어졌다 만났다를 반복하는 것 같아요. 금방 타오르고 너무 빨리 식고를 반복해서 서로를 힘들게만 해요. 그래서 연애가 늘 롤러코스터를 타는 기분이었어요.

노력하자는 말만 수십 번, 수백 번은 한 것 같고. 정말 말만이 아니라 실제로 노력도 했던 것 같아요. 그럼에도 우리는 또 헤어졌네요. 노력해도 안 되는 인연인 것일까요?

A 노력해도 안 되는 인연이라기보다는

노력해도 안 되는 인연이라기보다는 그 노력의 방향을 생각해보는 게 좋을지 몰라요. 연애는 횟수에 상관없이 늘 처음 같고 서툴기 마련이죠. 그래서 때론 방향을 잘못 잡고 매달리는 경우가 있어요.

서로 에너지는 많이 쓰지만 결국 헛된 노력으로 그치게 되는 경우가 생겨날 수 있고요. 그런 상태일지 모르니 우리의 문제가 무엇이었는지를 돌아보는 게 좋을 것 같아요. 단순히 성향이 안 맞아서, 마음이 식어서가 아닐지 모르니까요.

무작정 타오르는 감정에 부딪치기보다는 때로는 이성적이고 냉정하게 우리의 장단점과 차이점을 따져보세요. 그러다 보면 우리가 헤어진 진짜 이유를 알게 될 테니까요.

Q

권태기 때문에 헤어졌어요

거의 1년 이상 권태기로 서로를 지치게 했던 연애가 일주일 전 끝이 났습니다. 시원하기도 하면서 한편으로는 여전히 섭섭하며 미련이 남는데요. 다들 잘 극복하고 잘 사귀는 것 같은데.

왜 저희만 그걸 이겨내지 못하고 헤어진 걸까요? 헤어진 뒤에도 제 연락을 받아주긴 해서 여전히 이별을 실감하진 못하고 있는 것 같아요. 그냥 이대로 이별을 받아들이는 게 맞을까요?

A 사실은 권태기가 아니었을지도

연애 기간이 길어질수록, 서로에 대해서 알면 알수록 많은 부분이 그저 평범해지고 말 그대로 일상이 되어버리곤 해요. 사실은 권태기를 겪은 게 아니라 어쩌면 두 사람의 평범한 모습이 아니었을까요?

그냥 서로 알 만큼 알아서, 할 만큼 다 해봐서, 새로운 것이 없어서 밋밋한 관계가 된 것일 뿐. 더 이상 사랑하지 않거나 불편함밖에 남지 않아서 서로를 피한 게 아니라면 사실, 일상에서 벗어난 작은 자극, 변화만 주면 될 일이었을지도 몰라요.

만일 그의 뒷모습이 아직 보인다면 더 늦기 전에 다시 잡아보는 건 어떨까요?

Q

매일 다투기만 하다가 헤어졌어요

저희는 성격 차이가 심했어요. 그래서 서로 바꿔보려고 기 싸움도 많이 했고, 성격 차이 때문에 지적도 많이 했던 것 같아요.

하지만 불같이 사랑했던 마음은 진심이었던 것 같아요. 그래서 헤어진 지금도 가끔 만나고, 여전히 연락도 하는데요. 연인으로서는 가망이 없는 커플이었을까요?

A 불같은 사랑만큼 불같은 연애가 문제일지도

서로에 대한 애착이 있다면 오히려 그런 마음 때문에 더 힘든 건 아닐지 생각해봐야 해요. 사랑은 열정적이게만 해서는 안 되는 부분이 있어요. 특히나 성격 차이 같은 문제는 서로 좋아하는 만큼 얽매게 되면 상대를 바꾸려고만 할 뿐, 부드럽게 상대를 이해하고, 먼저 적응하려 하지 않아요.

고집 때문에 그럴 수도 있지만, 좋아하는 만큼 상대를 온전히 내게 맞는 사람으로 만들고 싶은 마음에 더 그렇게 되는 거죠.

둘 중 한 명은 그런 열정을 내려놓을 필요가 있어요. 다만 이 연애를 더 원하는 쪽이 나라면, 한 번쯤 내가 그에게 적응하기 위한 노력에 마음을 써봐도 괜찮지 않을까요?

우리는 또 똑같이 만나고
똑같이 이별하겠죠?

이럴 거면 차라리 만나지 말걸. 그런 생각 많이들 하죠. 이별은 늘 경험해도 힘들고 늘 처음 같이 아프고 아쉬움을 남겨요. 이랬다면 좋았을 텐데, 저 랬다면 좋았을 텐데 하는 생각도 하게 만들고요. 수많은 커플을 상담하면서 느끼는 것은 사실 이미 우리는 이별이 다가오는 순간순간을 어느 정도 예 감하고 있다는 거예요. 단지 그 순간에 이성적이기 보다는 당장 급해진 마음에, 혹은 속상한 마음에 감정적인 선택을 하게 되니까 '그러지 말걸.' 같은 후회를 남기게 되는 것 같아요.

대게 잘못된 선택의 연속은 이별을 만들고, 이별을 돌이키기도 힘들게 만들어요. 저는 그 반복을 멈추기 위해 수많은 사연을 함께 고민하고 함께 슬퍼하며 이별을 마주해왔어요. 그러면서 이별을 막기도, 이별을 돌이키기도, 이별을 극복하기도 해왔죠. 그렇게 거창하거나 대단한 것들이 아니에요.

왜냐하면 이미 스스로 느끼고 생각한 것들을 용기 내서 할 수 있게 도와드리는 것뿐이니까요. 누군가는 자존심을 버려야 하고, 누군가는 감정을 내려놓고 이성적이어야 했고, 누군가는 행동보다는 생각을 더 많이 해야 했다는 걸. 이미 다들 알고 있는 것들이었지만, 때로는 친구 때문에 때로는 나 자신 때문에 그것들이 용납이 안 되어 왔던 것일 뿐이에요. 그리고 사랑이라는 이름에 눈이 멀어서 보통의 나라면 관대했을, 혹은 상식적이었을 것을 그러지 못하게 만들었던 것뿐이니까요.

그렇기에 우리는 항상 답을 알고 있고, 일상에 최선을 다해서 살 듯 연애도 할 만큼 했고, 최선을 다했다는 것을 알아야 해요. 더할 것도 없이 열심히 사랑했고 단지 내가 알고 있던 것을 해내기만 한다면 이별을 막을 수도, 이별을 돌릴 수도, 이별을 극복할 수도 있죠.

이 모든 것을 알았더라도 우리는 사랑하고 갈등하고 아프고 헤어졌잖아요. 어쩔 수 없이 겪어야 할 일이었던 만큼 속상한 상황들도, 마음들도 너무 우리 자신을 깎아내리는 것에 쓰지 않았으면 좋겠어요. 스스로를 너무 탓하느라 이별을 충분히 만회할 시간도 슬퍼할 시간도 없이 그렇게 안 좋게 시간을 쓰지 않았으면 좋겠어요. 늘 하는 말들 있잖아요. "나는 소중하니까." 그러니까 그러지 말아요. 우리가 소중한 만큼 우리가 겪을 수밖에 없었던 이별의 시간도 소중했고 그 모든 것에는 가치가 있었어요. 그걸 이해한다면 이별을 막는 것도 돌이키는 것도 극복하는 것도 전부 가능할 거예요. 그러니 스스로를 탓하고만 있지 않기를 바라요.

분명 나만 연애를 못 하는 건 아닐 텐데
왜 나만 이렇게 연애를 못 하는 것 같고
왜 내 연애만 이렇게 어려운 것 같을까?

몇 월 며칠 몇 시 몇 분 즈음에

너에 대한 아픔이 없어질지

너에 대한 기억이 없어질지

누가 좀 알려줬으면 좋겠다

Q

을의 연애

그 사람과는 직장동료의 소개로 만나게 되었어요. 모든 기호나 성격이 너무 달라서 피로감이 느껴지는 연애였어요. 처음에는 거절도 했었죠. 근데 그의 끈질긴 구애 끝에 일말의 기대가 생겨 간절한 마음을 받아주었어요.

그렇게 사귀기 시작하고 나서는 서로 다른 점이 의외로 좋았는데, 계속 반복되다 보니 우리의 연애는 점점 제가 그 사람에게 맞추지 않으면 안 될 것 같은 연애로 흘러가더라고요. 그 사람은 내가 없이도 아무런 문제가 없어 보이고, 처음만큼 간절하지 않은 것 같고, 자기 삶의 방식만 고집하고. 그래서 결국 저는 이별을 말하고 돌아섰어요. 그와의 이별, 잘 선택한 것이겠죠?

A 좋은 기억만 남기기로 해요

나와 다르기 때문에 느끼는 매력은 확 끌리기 마련
이죠. 분명 다르다고, 이건 아니라고 느꼈어도 한 번
쯤 맛보고 싶은 매력이 서로 다름에서 오는 매력이
아닐까 싶어요.

하지만 상대가 나와 맞지 않다고 느낀 첫 느낌이,
그리고 판단이 어디 가는 건 아니죠. 다른 매력에
좋을 순 있어도 다르기에 발생하는 불편함 같은 건
여전히 존재하는 거니까요. 그렇기에 어느 시점에
닿게 되면 선택할 수밖에 없어요. 헤어질지, 아니면
다른 점을 바꾸거나 고치는 것을 포기할지. 그래도
그와 함께하면서 평상시 나라면 해보지 못했을 경
험도, 느낌도 느꼈잖아요. 그렇기에 이 연애가 의미
없는 건 아니에요. 그러니 좋은 기억만 남기기로 해
요 우리. 어쩔 수 없었잖아요. 잘 선택 했어요.

Q

전 애인에게 연락이 와요

전 애인과 저는 제가 일이 많은 직장에 다니느라 잘 만나지 못한 탓에 외로움을 너무 많이 느껴서 헤어지게 되었습니다. 헤어진 후 다른 사람을 만난 전 애인이 얼마 전부터 다시 연락이 오기 시작했습니다. 처음에는 그냥 안부나 근황을 묻는 것처럼 연락이 왔는데, 지금 와서 다시 아무 일도 없었던 것처럼 연락하고 지내는 것도 좀 이상하고 해서 대충 대꾸만 해주었습니다. 그러던 어제 장문의 메시지가 왔습니다. 제가 그립다고. 요즘 제 생각이 많이 난다는 내용이었습니다. 아직 저랑 헤어지고 만난 사람과 헤어진 것도 아닌데, 이 친구의 심리는 뭘까요. 그리고 저는 어떻게 해야 할까요?

A 마음이 혹할 수는 있어도

그 사람의 마음이 무엇인지는 장문의 메시지를 읽으셨을 때 느끼셨으리라 생각이 들어요. 그렇게 느끼신 것이 맞기는 하지만 잘 생각해 보세요. 외로움을 느껴 떠난 사람이에요.

지금 만나고 있는 사람과 헤어진 것도 아니고요. 그렇다면 그 사람에게서도 외로움을 느끼고 있다는 뜻이겠죠. 자신이 외롭기에 이렇게 쉽게 흔들릴 수 있는 사람이라면, 다시 만난다 해도 단순히 외로움을 채우기 위해 이용만 할 수도 있는 거 아닐까요?

그러니 혹하는 마음에 후회 남길 행동을 하지는 않기를 바라요.

Q

잊을 때까지는 곁에 있겠대요

저희는 한 달 전 즈음 성격 차이로 헤어졌어요. 그 사람은 제 성격을 감당하지 못했고, 결국 제게 질려서 이별하게 됐어요. 저는 그 사람을 잡기 위해서 밤낮으로 전화하고 직장과 집에 찾아가서 매달렸구요.

애인은 제가 그렇게까지 해서 자기 삶에 지장이 갔기 때문인지, 아니면 제가 너무 힘들어해서인지 지금은 그냥 곁에만 있겠다고 하는데요. 그래도 여전히 다시 만날 생각은 없다고 합니다. 제가 어떻게 해야 그 사람의 마음을 돌릴 수 있을까요?

A 그렇게 붙잡은 관계에서 얻는 건 무엇일까요?

이별을 받아들이지 못해서 상대에게 지나치게 매달려 본 적. 누구나 있을 거예요. 하지만 그렇게 붙잡은 관계에서 얻는 건 무엇일까요? 이미 나에게 질려버렸고 이별 후의 태도 때문에 더 질렸고, 지쳤을지도 모르는데. 어쩌면 단지 지금 내가 견디기 힘들다는 이유로 연애할 때만큼이나 힘든 상황을 자초하는 건 아닐까요?

이미 사랑은 오래전에 끝났다는 거, 스스로도 인정하지 못할 뿐 알고는 있잖아요. 단지 혼자가 되는 게 두려울 뿐이죠, 그 마음 다 알아요. 하지만 그렇게 억지로 붙잡아서는 계속 불행할 뿐이에요. 행복해지기 위해서 놓아야 할 관계는 그만 놓아주는 게 어떨까요?

Q

너무 쉽게 헤어지자는 애인

제게는 이제 갓 백일을 넘긴 애인이 있어요. 사귄 기간은 그 정도 되는데, 사귀면서 헤어졌다 만났다를 벌써 네 번 이상 반복하고 있어요. 지난주에도 제가 서운하게 했다면서 헤어지자고 말을 하고는 약 일주일만인 오늘 또 연락이 왔어요.

애교도 많고 좋은 면도 많아요. 하지만 이렇게 쉽게 이별을 말하고, 또 그것을 번복하는 것 또한 쉽게 하면서 이런 태도를 문제라고 생각하진 않는 듯해요. 이런 사람은 더 받아주지 않는 게 맞겠죠?

A 헤어짐이 가벼운 만큼 관계도 가볍기 마련이 에요

헤어짐을 무기로 휘두르며 연애를 하는 사람들이 있죠. 그렇게 하는 이유는 자신의 불안감을 잘못된 방식으로 표출하기 때문이라고 생각해요. 문제는 그 불안감에만 집중하느라 정작 연애의 깊이가 깊어지지는 않는다는 걸 모른다는 것에 있어요.

때문에 그분도 관계를 책임감 있고 진지하게 꾸리지는 못할 거예요. 그런 부분은 고친다기보다는 스스로가 마음먹어야 하는데 아직은 그럴 만한 연애 감정을 못 느낀 것 같아 보이기도 하네요.

좀 더 알맞은 사람이 찾아올 거예요. 미래를 위해 계속 쉽게 만났다 헤어졌다 하는 연애는 정리하시는 게 어떨까요?

Q

술만 마시면 주사가 너무 심한 애인

제 애인은 술을 너무 좋아해요. 술자리만 있으면 나가고, 그것도 모자라서 매일 혼술도 해요. 술을 마시는 것까진 괜찮아요. 근데 술을 마시면 너무 심하게 주사를 부려서 점점 감당이 안 되는 지경에 이르고 있어요.

처음에는 그냥 전화해서 투정 부리는 수준이었는데, 이제는 기물 파손을 한다거나 부모님과 함께 사는 집까지 찾아와서 문을 두드리며 소리를 치는 수준까지 되었어요. 제발 술을 자제해달라고 해봐도 자기는 그렇게 정신이 끊길 때까지 술을 마시는 게 너무 좋다고만 하는데, 헤어지는 것이 답이겠지요?

A 나쁜 습관

연애를 하다 보면 상대가 가진 나쁜 습관 때문에 지금처럼 고통을 받게 되는 경우가 있어요. 단순히 불편하다 아니다의 문제를 떠나서 연인으로서 걱정도 되니까요. 근데 지금과 같은 경우라면 애인분 스스로가 문제를 고칠 의지가 없기 때문에 그분과의 관계를 끊는 것이 가장 최선처럼 보이네요.

계속해서 붙잡고, 고치려 하고, 다투고, 그렇게 상처 입고, 상심하는 문제를 다 떠나서 연인인 내가 걱정하거나 불편함을 느끼는 상황을 이해해주지 않는다면, 이미 그것만으로도 상대방에 대한 존중이 없는 연애니까요.

다음에는 세상을 다 가진 듯

사랑하지 말아야지

지금처럼 세상을 다 잃은 듯한

느낌은 싫으니까

.

.

.

그래도

하지만

혹시나

사랑에도 청구서가 날아왔으면

좋겠어 그럼 그것만 지불하면

우린 헤어질 일 없을 테니까

Q

경제적인 이유로 파혼했어요

결혼을 여섯 달 앞두고 파혼을 하게 되었어요. 이유
는 경제적인 문제 때문이었는데요. 저와 남자친구는
집안의 경제력이 크게 차이가 나서 사귈 때부터 조
금 문제가 되긴 했어요. 저희 집에서 남자친구를 탐
탁지 않게 생각하긴 했지만, 겨우 결혼은 승낙받았
어요. 근데 집 문제를 강하게 요구하는 바람에 남자
친구가 결국 견디질 못하고 이별을 선택하게 되었네
요.

남자친구는 네가 그 와중에 아무 말도 안 하고 가
만히 있었던 게 더 상처라며 우리는 맞지 않는다고
이야기하네요. 하지만 저는 여전히 남자친구를 사
랑해요. 어떻게 해야 잡을 수 있을까요?

A 결국에는 나의 선택이에요

경제적인 문제는 둘째치고 남자친구분이 많이 외로 웠을 것 같다는 생각이 드네요. 결혼 과정에서 경제 적 문제로 양쪽 집안의 반대나 압박이 생겨 다투거 나 파혼하는 경우가 종종 있는데요.

그걸 극복하는 건 결국 두 사람이 얼마나 합심해서 상황에 대응해 나가느냐에 달려 있어요. 하지만 그 런 길고 긴 과정 중에 나의 편이 없다고 생각해버리 면 결코 이겨내기 쉽지 않은 압박으로 다가올 거예 요. 집에서 그렇게 나오더라도 힘이 되어 주셨더라 면 어땠을까 싶네요.

지금이라도 늦지 않았으니 스스로 잘 생각해보세 요. 내가 가만히 있었던 이유가 뭔지. 잘 생각해보 시고 입장을 정리한 뒤에 남자친구에게 다시 한번 이야기해 보시는 건 어떨까요?

Q

종교의 차이

애인과 저는 믿는 종교가 달라요. 사실상 저는 거의 무교에 가깝고 어느 종교든 크게 믿지 않는 타입이라 종교는 자유롭게 생각하던 편이었는데요, 애인은 신앙심이 매우 깊어요.

하지만 애인과 처음 만날 때 종교 문제에 관해 이야기한 게 없어서, 신앙심이 깊어도 크게 문제가 될 것 같지 않았는데요 요즘 들어 점점 저에게 종교를 강요해요. 그 부분 때문에 질려서 이별을 생각하는데요 혹시나 다른 방법이 있을까요?

A 종교를 믿느냐 아니냐를 떠나서

어떤 믿음이든 존중받을 가치가 있어요. 여기서 핵심은 종교를 믿고, 안 믿고가 아니라 애인분의 사랑의 조건에 종교가 포함되는지, 아닌지인 것 같아요.

신앙이 깊지 않아도 그냥 같이 몇 번 활동을 해주는 정도로 만족할 수 있는지 확인해볼 필요는 있어요. 자기만큼은 아니더라도 작은 믿음만으로 만족하고 고마워한다면 그 정도 종교에 대한 믿음은 가져보는 것도 나쁘지 않을 것 같아요.

Q

예전 연애의 기억 때문에 새로운 연애가 힘들어요

연애를 할 때마다 첫사랑에 대한 기억 때문에 모든 연애를 망치고 있다는 기분이 들어요. 최근에도 옛 연인과 지금의 애인을 은연중에 비교하다가 싸움을 만들고, 싸움의 이유가 옛 연인과의 비교라는 걸 상대방에게 들켜서 차였어요.

돌이켜보면 옛 연애가 그렇게 좋았던 것도 아닌데, 왜 저는 자꾸만 그 연애와 지금의 연애들을 비교하게 되는 것일까요. 그러면 안 된다는 걸 알면서도 계속 이렇게 누굴 만날 때마다 비교하고 그러다 헤어지는 게 너무 힘들어요. 어떻게 하면 좋을까요?

A 사랑이 다른 사랑으로 잊히지 않을 때

흔히 사랑은 다른 사랑으로 잊어가야 한다고 말하는 경우가 있죠. 하지만 내가 확실히 정리하지 못한 상태라면 새로운 사랑을 시도한다고 해도 잊히긴커녕 더 강렬하게 기억에 남아서 비교하게 돼요.

만일 그렇게 쉴 틈 없이 연애를 계속 해왔다면, 그래서 비교를 하고 있다면, 한동안은 연애를 멈추고 사랑에 대한, 사람에 대한 생각이 정리될 때까지 기다려보는 건 어떨까요?

외로움에, 혹은 그냥 습관처럼 연애를 하다 보면 안되는 걸 알면서도 자꾸 '전에는 어땠는데' 하면서 비교하게 될지도 몰라요.

Q

일에 집중하기 위해서 헤어졌으나 후회를 하고 있어요

저는 어릴 때부터 진로와 직업에 대한 열의를 가지고 모든 목표를 그쪽으로 설정한 채 살아왔어요. 그러다 보니 저의 그런 모습을 멋있게 생각해주는 연인을 만나게 되었고 자연스럽게 사랑에 빠지게 되었습니다. 저는 계속해서 제 직업을 위해 더 나은 곳으로 나아가며 살고 싶은데, 연인은 현실적으로 안전한 지금의 환경에서만 계속 살아가고 싶어 해요. 결국 그 차이를 극복하지 못하고 헤어지게 됐고요. 그게 서로에게 맞는 방향이라고 생각했는데, 생각보다 그의 빈자리가 크게 느껴져요. 저는 어떻게 하는 것이 좋을까요?

A 결국에는 사랑하기 위한 삶이 아닐까요?

삶은 내 생각대로 안 풀리는 경우가 많죠. 사랑하는 사람이 나와 같은 삶의 목표를 지닌 사람이라면 좋을 텐데, 그렇지 못한 상황이 참 많이 힘들 것 같아요.

이루고자 하는 삶의 목표들은 결국 나의 노력으로 얻을 수 있어요. 반면 나를 진정성 있게 사랑해주는 사람은 노력만으로는 얻기 힘든 경우가 많아요. 서로의 삶의 방향이 달라도 그 사랑을 지키기 위한 노력은 해볼 가치가 있을 거 같아요.

합의점을 다시 한번 찾아보세요. 이번에는 서로를 위해 삶을 바꾸거나 희생하는 게 아닌 합의점을요.

Q

자격지심이 심한 남자친구

처음엔 남자친구가 어려운 환경에서도 열심히 살아가는 모습에 반해 만나게 되었어요. 다소 어두운 면도 있었지만, 열심히 살아가는 열정이 더 좋아 보였거든요.

시간이 지나고 관계가 깊어지니 남자친구는 현실적인 이야기가 나올 때마다 방어적으로 행동해요. 제가 하지도 않은 말까지 연관 지으면서 마치 저를 자신의 가치를 깎아내리는 사람 취급하는 대화가 잦아요.

제가 그런 게 아니라고 아무리 이야기를 해도 다시 꼬투리를 잡는 식이에요. 저도 사람이라 그런 모습에 점점 지쳐가는데요. 어떻게 해야 좋을까요?

A 서로의 차이를 존중하거나 인정하지 못하는 관계라면

남자친구를 많이 이해해주고 계시네요. 그런 노력을 이해받지 못하니 얼마나 답답할까 싶기도 하고요. 많이 애쓰셨겠지만 스스로 생각했을 때 남자친구의 삶이 지금보다 조금이라도 더 나아질 기미가 보이지 않는다면 그 관계는 그만두는 것이 맞을 것 같아요.

그렇게 방어적으로만 나오는 사람은 내가 아무리 알려주고 호소해도 자신의 삶이 어느 정도 나아지기 전까지는 타인의 말에 공감하지 못하기 때문이에요.

사랑은 혼자 하는 것이 아니잖아요. 아무리 이해해줘도 상대가 자신만의 생각에 빠져 내 얘길 들으려고도 하지 않는다면, 이해도 불가능하고 사랑도 불가능하지 않을까요?

여러 이유로 이별을

합리화하고 이별하게 되지만

그렇다고 해서 이별 후

내 기분이 나아지는 것도 아니더라

좋게 헤어지는 방법을 이렇게 열심히 찾을 줄 알았다면,

좋게 사랑하는 방법도 이만큼 열심히 찾아볼걸

Q
과도한 스킨십을 요구하는 남자친구

남자친구는 스킨십을 좋아해요. 처음에는 어딜 가도 손을 잡고 걷고, 쓰다듬어주고 이런 것들이 너무 좋았는데 점점 강도가 진해져서 조금 불편해요. 자꾸 둘만 있는 곳으로 가려 하고, 제가 불쾌함을 드러내도 계속 시도를 해요.

너무 불쾌해서 어느 날은 단호히 거절을 했는데, 그날 이후로 남자친구는 제가 조금만 불편해해도 바로 저에게 차갑게 대해요. 이 문제로 싸우면 늘 저만 나쁜 사람이 되고, 잘못한 것으로 결론이 나는데요. 너무나도 지쳐 이별을 생각하고 있어요. 그렇게 하는 게 맞겠죠?

A 연애의 목적은?

연애를 할 때 연애의 달콤함만을 취하려는 사람이 있죠. 그 달콤함 중에 하나가 스킨십이고요. 함께하는 나의 연인이 불편해한다면 당연히 그런 걸 조절할 수 있어야 해요.

가끔 표현을 너무 좋아해서 상대가 부담을 느끼는데도 더 많은 표현을 요구하는 사람이 있어요. 그러면 안 되는 거잖아요. 스킨십도 마찬가지로 상대의 기분과 입장을 배려하지 않은 상태에서 계속 시도하는 것은 결국 자기가 원하는 가치만을 생각할 뿐, 상대방에 대한 이해나 존중이 없는 거예요.

그런 사람과의 연애는 빨리 그만두는 게 맞아요. 존중하고 존중받는 연애를 하길 바라요.

Q

다른 사람과의 약속이 중요하다는 애인

제 애인은 윗사람들에게 매우 살갑게 잘하는 성격인데요. 그러다 보니 또래의 친구보다 회사의 윗사람 혹은 동료들과 친하게 지내요. 그들도 제 애인을 예뻐하구요. 그러다 보니 이곳저곳에서 부르는 일이 많아요.

하지만 저와의 약속을 취소하면서까지 그들에게 호응하는 애인에게 저는 실망이 커져가고 있네요. 처음에는 그냥 대인관계를 잘 유지하는 사람으로 생각했는데, 사귄 지 두 달째인 지금 계속 반복되는 상황에 너무 지칩니다. 헤어지는 게 맞을까요?

A 연애를 한다면 변화도 받아들여야 하는데

연애를 하면 여러모로 생활 패턴이 바뀌게 되죠. 대인 관계의 패턴도 마찬가지고요. 하지만 상대분은 그런 변화에 대한 책임감이 없는 사람으로 보이네요.

내가 이해하는 것도 한두 번이지 그것을 싫어한다는 표현을 명확히 했음에도 계속 그런 행동을 반복한다면, 그 사람은 연애를 할 준비가 아직 안 된 게 아닐까요? 연애 초반에도 그 정도라면, 나중에는 더 심해질 거예요. 이 관계에 대해 진지하게 고민해보시는 게 좋을 거 같아요.

Q

생각할 시간이 필요하다는 애인

저희는 비교적 자주 싸우는 커플인데요, 최근의 다툼에서 애인은 더 이상 이렇게 싸우고 풀고를 반복하는 게 힘들어서 생각할 시간을 좀 갖자고 하네요. 저는 감정이 상하면 바로 풀기를 원하는 성격이라 그 말에 동의하지는 않았지만, 더 밀어붙여 봐야 싸우기밖에 안 할 것 같아서 일단은 알겠다고 했어요.

이번에는 정말 이별하게 될 거 같아요. 받아들이고 마음의 준비를 해야 할까요? 그게 아니라면 어떻게 말해야 마음을 돌릴 수 있을까요.

A 기분을 푼다는 것의 입장 차이

이런 성향 차이는 연인들이 갈등하게 되는 포인트 중 하나예요. 당장 말을 해서 풀어야 하는 유형이 있고, 시간을 가지면서 풀어야 하는 유형이 있죠. 만일 다툼이 있을 때마다 나는 지금 당장 이야기하고 풀어야 할 것 같아서 계속 그래왔다면 이번 한 번쯤은 그 상태에서 시간을 가져보는 것도 좋을 것 같아요.

계속 내 마음이 불안하고 안달 나서 "잘" 말해 풀고 싶겠지만, 기분을 고려하지 않은 대화라는 건 의미가 없거든요. 내 의식의 흐름에 따라서만 풀려고 하면 안 돼요. 그걸 참지 못한다면 어떤 결말이 기다리고 있을지 스스로 이미 잘 알잖아요.

Q

조금만 서운해도 참지 못하는 애인

사귀기 전 그 친구는 매우 이해심이 많은 사람이었
어요. 그 점에 반해서 만나게 된 것도 있고요. 그런
데 최근에는 제가 뭐만 해도 서운한지 자꾸 토라지
고 제가 풀어주길 바라요. 이러는 횟수가 점점 많아
지니까 질리고 지치기 시작해요.

그래서 최근에는 진지하게 그렇게 조그마한 것에도
만족하지 못하면 우린 헤어질 수밖에 없다고 이야
기했는데, 그 말에 너무 상처받았다면서 지금 며칠
째 연락하지 않고 있는 상태예요. 저는 또 달래주어
야 할까요? 아니면 이대로 이별해야 할까요?

A 연애를 하게 되면 이상해지는 속마음

연애를 하게 되면 여러 가지 환상이 생기죠. 그 환상이 현실과 다르다는 걸 알아도 내 애인은 달랐으면 좋겠어. 내 애인은 이랬으면 좋겠어. 하는 기대치가 생기도 하고요. 그건 상대방도 똑같을 거예요.

그 기대치는 사람을 이상하게 만들어요. 분명 너그러워지고 싶은데, 이상하게 연애라는 상황이 붙으면 그렇게 속이 좁아질 수가 없고 그러는 자신이 못나게 느껴지기도 해요.

이러한 마음은 성숙하지 못한 것이긴 해요. 다만 그 사람이 원래 이해심이 많은 사람이라면, 이러한 기대치에 대해서 한 번 더 차근차근 이야기해보시는 건 어떨까요?

Q

자꾸 불안을 말하는 애인

제 애인은 아직 일어나지도 않은 일을 불안해하고 걱정하면서 그런 상황이 생기면 어떻게 할 것인지를 자꾸 물어와요. "만약에"로 시작하는 말은 듣기도 전부터 이미 지칠 정도로 트라우마가 생겼어요.

그런 말을 하는 사람에게 그 말이 지친다고 말하면 불안감을 더 가중할 것 같아서 말도 못 하고 계속 들어주기만 해요. 그런데 이제는 무슨 말을 해도 그렇게 이어질까 봐 대화도 하기 싫어져요. 이런 정도라면 헤어지는 게 맞겠죠?

A 행위보다는 이유에 더 중점을 둬보세요

이렇게 "만약에~"로 시작해 일어나지 않을 일을 가지고 계속 쓸데없는 감정 소모를 하게 된다면 정말 지칠 것 같아요. 하지만 애인이 처음부터 그런 사람이 아니었다면 왜 최근 들어서 그런 말을 자주 하게 되었는지, 나와의 문제 외에도 어떤 문제가 있는 건 아닌지, 왜 그런 불안감을 안고 살아가고 있는지, 먼저 확인해볼 필요가 있어요.

충분히 지칠 수 있는 부분이긴 하지만, 애인이 왜 그런 불안감을 가지게 되었는지 관심을 가져주는 것도 연인으로서 해야 할 역할이니까요. 그 이유를 차근차근 들어보았을 때 내가 계속 불안을 해소해주는 것이 힘들다면 애인이 괜찮아질 수 있도록 상담을 권하거나 다른 방법을 찾아 준다면 도움이 될 것 같아요.

조금만 덜 힘들었더라도

우리는 헤어지지 않았겠지

조금만 덜 힘들었더라도

어떻게

그렇게 따뜻하던 사람이

어떻게

그렇게 차갑게 변해버리는 걸까

Q

감정이 무딘 애인

저와 애인은 감수성 차이가 많이 납니다. 제가 힘들다고 하거나 어렵게 느껴서 포기하고 그 사람에게 힘든 점을 말하면 그 사람은 진지한 말투로 지금 힘들어도 최선을 다해봐야 한다는 식으로 대꾸를 합니다.

저라고 최선을 다하지 않은 것도 아니고 자꾸 감정적인 위로보다 마치 무슨 자기계발서 같은 이성적인 삶을 이야기하는 게 지쳐요. 너무 안 맞는 지금을 보면 결혼하면 더 심해질 것 같은데, 여기서 그만하는 게 맞겠죠?

A 때로는 누구나 감정적인 위로가 필요하죠

애인분이 당신을 미워하거나 모자라게 생각해서 그런 말을 하는 건 아니겠지만, 그래도 너무 섭섭하셨을 것 같네요. 서로 차이가 심하다 보니 이런 문제가 발생하는데 한 번쯤은 원하는 바를 직접적으로 설명해주면 어떨까 싶어요.

나는 나름대로 최선을 다했다. 그러니 다음에 어떤 상황이 일어나면 먼저 따듯하게 위로해줬으면 좋겠어. 너의 성에 안 찰 수는 있겠지만 우리가 잘해보기 위해서는 나는 그런 것들이 필요해. 라고 말이죠.

때로는 이성적인 판단보다 감정적인 위로가 더 필요할 수 있어요. 그걸 알아주지 못한다면 안정적인 연애는 힘들지 않을까 싶어요.

Q

헤어지고 나서도 연락을 받아주는 애인

애인이 제 성격을 견디지 못해서 저에게 헤어지자고 말하고 헤어진 지 2주가 조금 지나갑니다. 저는 그때부터 지금까지 거의 이틀에 한 번꼴로 그에게 연락해서 계속 매달리고 있습니다.

애인은 그 연락을 다 꾸준히 받아주기는 해요. 답이 늦기는 해도 여전히 저를 걱정해주는 듯한 말을 많이 합니다. 너무 후회가 되어서 다시 만나고 싶은데 지금 이렇게 연락을 받아주는 것을 보면 아직은 희망이 있을까요? 애인의 속마음은 무엇일까요?

A 정말 반성하고 애인을 사랑한다면

우선 생각해봐야 할 게 있어요. 첫째로는 '내 삶은 얼마나 엉망이 되었는가'이고, 둘째로는 '나는 정말 반성하는 모습을 보이고 있는가', 그리고 마지막으로는 '이런 모습이 매력적일까'예요.

나만의 '진심'을 상대방에게 억지로 밀어붙이는 건 도리어 상대를 더 질리게 만들 수 있어요. 우선은 그 사람의 뜻을 존중해주세요. 그리고 계속된 연락은 이제 그만하시는 게 좋아요. 상대를 더 힘들게 하기보다 반성을 통한 나의 매력을 먼저 찾아야 합니다.

성격적인 문제, 외적으로 보이는 부분, 일단 문제였던 것을 짚어보고 고쳐보세요. 그렇게 변하고 난 뒤에 다시 찾아가 보시는 건 어떨까요?

Q

질투가 너무 심한 여자친구

저희 직장엔 남직원보다 여직원이 많아요. 그런데 사귄 지 얼마 안 된 여자친구가 이것에 질투를 심하게 해서 다툼이 잦아요. 여자친구 말로는 저를 너무 좋아해서, 불안해서라고는 하지만 너무 심해요. 일은 일일 뿐인데, 업무용 연락에도 금방 기분이 다운되고 일할 때도 수시로 연락이 와서 업무에 지장이 있을 정도예요. 아무리 이해시키려고 해도 자기도 그러고 싶은데 잘 안된다며 오히려 화를 내요. 이런 식으로 연애하다가는 결국 안 좋게 끝날 것 같아서 조만간 헤어지자 말하려고 합니다. 그래도 여자친구를 좋아하는 마음이 컸기에 상처는 주고 싶지 않은데요 어떻게 말해야 할까요?

A 좋은 이별은 없어요

이런 상황에서 여자친구가 좋아하는 만큼만 나를 이해해주고, 혼자서 괜한 생각이 많지 않았더라면 좋았을 텐데 하는 아쉬움이 남지요.

연애를 하다 보면 가끔 혼자 안 좋은 상상을 하고, 불안감을 키우고, 결국엔 애인을 내게서 멀어지게 만드는 악순환이 생겨요.

이별을 선택하셨다면 좋게좋게 끝내려 하기 보다는 불편했던 것을 최대한 솔직하게 말씀하시고 그것이 감당하기 힘든 일임을, 그리고 서로가 가진 믿음의 차이를 단호하게 설명해주시는 게 좋을 거 같아요. 괜히 좋게 말하려고 하는 건 그저 이별 앞에서 착한 척 하려는 것으로만 비춰질 수 있으니까요. 견디지 못하고 헤어진다면 상대방을 헷갈리게 하지 않는 게 최소한의 예의니까요.

Q

싸울 때마다 막말을 하는 애인

저희는 자주 싸우지는 않는데 한 번 싸울 때마다 애인은 너무나도 무섭게 저에게 막말을 해요. 그러다 보면 싸우게 된 이유는 온데간데없어지고 그냥 인신공격하는 말들과 욕설이 난무하게 돼요. 한 번은 폰을 집어던져서 부수는 일도 있었어요.

그러고 나면 하루 이틀 뒤에 저에게 잘못했다고 용서를 구하면서 있는 반성 없는 반성을 다 하는 듯이 잘해줍니다. 이런 일이 점점 잦아지고 있는데요. 친구들은 저보고 더 큰 일 생기기 전에 헤어지라고 해요.

그래도 잘못했다며 반성하는 걸 보면 많이 사랑하는 거 같기는 한데, 어떻게 해야 할지 모르겠습니다. 헤어지는 게 맞는 걸까요?

A 티비에서만 볼 수 있는 일이 아니에요

의외로 많은 분들이 데이트 폭력을 당하고 있음에도 사랑이라는 이름으로 막연히 나아지길 바라며 상황을 낙관하고 지냅니다. 하지만 그런 폭력에 관련된 일은 '그 사람이 나를 사랑하더라도 위험한 일'이라는 것을 알아야 해요.

처음에는 말로 상처를 주고, 그다음에는 물건을 부수는 정도였겠지만, 그다음은 내게 위험을 만들 수도 있는 문제니까요. 정말 용서를 구하고 반성을 한다면 그런 성격 문제를 고치려고 노력하는 게 우선이겠죠. 병원이나 상담 센터를 통해서 말이에요. 그런 것 없이는 진정성 있는 반성이라고 볼 수 없어요.

나에게 위협을 가하고 바로 다음 날 과잉보상을 하는 것은 사랑도 반성도 아니라는 것을 아시길 바라요.

Q

자꾸만 피곤하다는 애인

저희 커플은 4년 조금 넘게 사귀었습니다. 사귀면서 거의 다툼도 없었고, 좋게 사귀어왔어요. 그래서 며칠 전 먼저 결혼 이야기를 꺼냈어요. 근데 그 사람은 아직 준비가 안 된 것 같다고 본인이 때가 되면 말하겠다고 하더라고요. 울컥해서 한마디하고 다투고 말았어요.

결국 잘 풀기는 했는데 그날 이후로 애인이 자주 피곤하다고 말하고, 저와의 대화를 부담스러워하는 느낌이 들어요. 만나서도 그냥 별거 안 하고 귀가하는 날도 많아졌고 전반적으로 그냥 의무적인 것 같다는 느낌만 들어요. 이 사람은 저와 헤어지고 싶은 걸까요?

A   밋밋한 연애에 권태가 찾아들면

그 일을 계기로 상대방도 생각이 많아진 것 같네요. 더 재촉하는 것도 아니고 압박을 주는 것도 아닌데 그런 모습을 보이는 것은 느끼는 것처럼 권태가 맞아요.

우선 하셔야 할 것은 그날의 일들을 놓고 결혼에 대해서 상대방에게 어떤 책임이나, 물질적인 의존을 하고 있지 않다는 걸 이야기해보시는 게 좋을 듯해요. 이러한 일로 부담을 느끼는 건 자신이 그만큼 준비가 안 되어 있어서 일 수도 있지만, 미래를 막연하게만 생각하고 있다가 덜컥 겁이 나서일 수도 있거든요.

내 입장을 분명히 보여줌에도 계속 나를 피한다면 그 사람 그릇은 그 정도 밖에 안 되는 것이기에 관계를 정리하는 쪽으로 생각해보시는 것이 좋아 보여요.

나는 몰랐지만

너는 이별을 너무나

잘 알고 준비해왔다는 것이

가장 억울한 점인 것 같아

좋게 이별하고 싶은 건

어쩌면 좋게 다시 볼지도 모른다는

작은 기대 때문이겠지

Q

나는 되고, 너는 안 돼

애인은 평소 나는 되고, 너는 안 돼가 강한데요. 예를 들어 자신은 약속 시간에 한 시간씩 늦는 경우도 있으면서, 제가 오 분만 늦어도 화를 내요. 자기는 저에게 약 올리며 장난쳐도 제가 그러면 예의가 없다면서 화를 내요. 그 문제로 싸우게 되면 항상 자기는 그냥 장난이었고 나쁜 감정 없었는데 저는 무슨 나쁜 감정이라도 있는 것처럼 몰아가서 이야기를 해요. 아무리 좋은 관계를 위해 이해하고 설명하려 해도 그냥 자기 기분이 더 중요한 사람이에요. 이런 사람과는 헤어지는 것이 맞겠죠?

A 연애는 "우리"가 하는 거라는 사실을 잊지 말아요

연애는 아무리 맞추고 맞춰도 결국 다른 환경, 다른 생각을 가지고 살아오던 사람끼리 만나서 하는 것이기에 이해가 힘든 부분들이 생기고 그것으로 갈등이 있을 수밖에 없어요.

하지만 지금과 같은 경우는 단순히 '다름'이라고 보기에는 너무나도 이기적인 면이 많이 보이네요. 나는 되고, 너는 안 돼.라는 것은 결국 자기의 입장, 자기의 생각만을 중시하는 것인데 연애는 혼자 하는 게 아니잖아요.

훨씬 가치 있는 연애를 할 자격이 있잖아요. 이런 관계에 미련 두지 않는 것이 좋아 보여요.

Q
첫사랑과의 이별

이성으로서 진지하게 만난 것은 이번이 처음이었어요. 그래서 이것저것 서툴러도 모든 것이 다 그 사람과 처음으로 경험한 것이었죠. 그래서인지 이별한 지금. 어딜 가도 함께 한 기억이 너무 강렬하게 떠올라서 하루 종일 우울하기만 한 상태예요.

어떻게 해야 이것을 극복할 수 있을까요. 다음 사랑은커녕 지금 당장도 이렇게 힘든데. 이럴 줄 알았으면 만나지 말걸. 너무 힘이 듭니다. 저는 어떻게 해야 할까요?

A 이별의 모든 것도 처음일 뿐 다 괜찮아질 거예요

모든 이별이 힘들지만, 특히 처음으로 진지하게 마음먹고 한 연애가 끝나면 그것보다 힘든 게 없죠. 한 번씩은 다들 경험해봤을 거예요. 그런 이별이 처음이라 모든 것이 막막하고 힘들기만 할 거란 거 잘 알아요.

지금은 너무 막막해서 믿어지지 않겠지만 제 이야기를 믿어보길 바라요. 그 아픔은 곧 지나가고 하나하나 괜찮아짐을 느낄 거라는 말요. 그리고 그러기 위해서는 지금 충분히 아파하고, 슬퍼하고, 눈물 흘려야 한다는 것을요.

억지로 추억의 장소를 찾아가지 않아도, 억지로 즐거워지려고 친구를 만나려고도 하지 않아도 괜찮아요. 지금 나는 힘들고 또 힘든 게 당연해요. 감정을 피하기보다 두려워하지 말고 충분히 슬퍼해 보세요. 다 비워내고 나면 괜찮아질 거예요. 저를 믿어보세요. 다 지나갈 거예요.

Q

나는 감정 쓰레기통이 아닌데

그 사람은 사귀기 전부터 자기가 많이 기댈 수 있는 사람이 좋다고 했습니다. 다만 그때는 그냥 그것이 막연하게 느껴져서 얼마든지 기대라고 했는데, 사귀고 나서 얼마 안 되고부터는 점점 일상에서 일어나는 모든 짜증을 저에게 이야기하면서 제게 틱틱대 시작했습니다.

그렇게 한참을 받아주다 보면 자기 혼자 풀려서 저에게 애교를 부리고 그러는데요. 제가 힘든 이야기를 할 때는 그냥 인생은 다 그런 거라는 식으로 가르치듯 이야기를 합니다. 본인의 힘든 것은 다 저에게 화풀이하듯 비워내고 말이죠. 언제까지나 이것을 견뎌야 한다고 생각하니 마음이 식어버린 듯합니다. 헤어지는 게 답이겠죠?

A 배려를 떠나서 나를 사랑하지 않는 걸지도

많이 애쓰는 연애를 하고 계시네요. 그래요. 마음이 식을 수밖에 없죠. 애석하게도 내가 생각하는 만큼 연인이 나를 생각해주지 않을 때 우린 마음이 식게 되죠. 나도 내 감정이 있는데 그것을 알아주지 않고 의지라는 이름으로, 사랑이라는 이름으로 짐만 지게 만들면 누구라도 견디기가 힘들 거예요.

그런 연애는 정리하는 것이 나를 위한 최선일 거예요. 그저 최선을 다했다고. 할 만큼 했다고 말해주고 싶어요. 애썼어요. 고단했던 연애를 정리하면 더 나은 사랑이 찾아올 거예요.

말투에 그렇게도 예민할 수 있나요?

저와 여자친구는 SNS를 통해 알게 된 사이입니다. SNS상의 친구로 지낼 때 말이 너무 잘 통했는데요. 사귀고 나서부터 여자친구는 점점 제게 말을 예쁘게 해달라면서 말투를 지적하기 시작했어요. 개선하기 위해 이런저런 화법으로 이야기를 해보았는데, 여자친구는 계속해서 지적을 하네요. 악의도 없고 일부러 그러는 것도 아닌데 적당히 이해해주면 안 되겠냐 했지만 자기를 위해서 노력해주는 게 뭐가 그리 힘드냐고 그러네요. 저는 변하지 않았는데 너무 억울합니다. 그냥 헤어져야 할까요?

A   좋음도 정도껏 추구해야죠

연인이라는 이름으로 너무 과하게 신경 쓰다 보니까 발생하는 문제긴 하지만 많이 억울하셨겠네요. 항상 '좋게좋게'를 머리에 그리고 있다 보니 문장 하나, 단어 하나를 예민하게 받아들이게 되어서 발생하는 부분 같아요.

핵심은 이런 상황에 나는 상대방에게 충분히 내 상황을 이해시키려 노력했느냐로 판단할 수 있을 것 같아요. 물론, 내가 충분히 해명했지만 자신이 거슬리는 것을 조금이라도 참지 못하는 사람이라면, 자신은 불편을 참을 수 없지만 나는 불편함을 참아야 한다는 것밖에 안 되는 것이죠.

좋음이라는 이름하에 간혹 정도를 생각하지 않고 이상만 추구하는 사람들이 있어요. 하지만 그건 역설적이게도 가장 좋지 않은 연애일 뿐이죠. 존중받지 못하는 연애는 그만두는 게 좋을 거 같아요.

Q

그때 그러지 말걸

최근 사소한 것으로 싸워서 사귀던 사람과 헤어지게 되었어요. 그냥 흔히 연인들이 다투는 평범한 이유 때문인데, 그게 서로를 지치게 만들어서 결국 헤어지게 됐어요. 더 이상 잡을 수는 없을 것 같아서 그냥 포기해야겠다. 마음먹고는 있는데 사귀면서 했던 이런저런 행동들, 하지 못한 말들이 하나, 둘 떠오르면서 그때 그러지 말걸. 혹은 그 말이라도 해줄걸. 계속 후회가 됩니다.

내가 너무 못난 것만 같고 극복할 수 없을 것만 같아요. 그냥 계속 이렇게만 살게 될 것 같은 기분. 진짜 나를 좋아해 주던 사람을 놓친 것 같은 기분이 들어요. 괜찮아질 수 있을까요?

A 진심으로 반성한다면 곧 괜찮아질 거예요

많이 후회되고 그래서 그 모든 것이 내 탓 같은 그 감정을 잊지 말아요. 그리고 다음에는 꼭 그러지 않겠다고 다짐해보세요. 진심으로 반성하고 있다면 곧 괜찮아질 거예요. 그렇게 하나씩 배워가는 거예요.

또 다음 사람이 나를 더 사랑해 줄지는 알 수 없어요. 하지만 이번에 배운 그 느낌을 잊지 않는다면 적어도 나는 지금보다 더 좋은 연애를 하게 될 거예요. 스스로를 탓하지 말아요. 잘하지 못했다기보다 그냥 몰랐던 것이니까.

그러니 스스로를 너무 탓하지 말고 다음에는 잘하겠다고 다짐해봐요. 그렇게 우리 같이 극복해보아요. 다 괜찮아질 거예요.

사랑이란 것이 그런 것 같아요. 좀 더 사랑한 쪽이 항상 약자인 것 같고, 항상 더 안달하게 되고, 좀 더 잘해보려고 생각하다 보면 질리게 만들고, 집착하는 사람으로 만드는 그런. 내 생각만큼 절대 따라와 주지 않는 면이 있는 것 같아요. 그래서 우리는 항상 안달하고, 실망하고, 상처받고 그럼에도 또 작은 것 하나라도 마음만 맞으면 금세 다 풀어지고, 빠져들고, 반복을 하게 되는 것 같아요. 그런 상황을 너무나도 많이 보게 돼요. 잘해보려다 오히려 틀어지고 갈등하게 되어서 내가 가진 관계조차 잃어버리게 되죠.

그러고 나서는 "아 그때 그렇게 말하지 말걸.", "아 그때 그렇게 행동하지 말걸." 하면서 뒤늦게 후회하고요. 만일 이 글을 읽고 계신 여러분이 지금 연인에게 조금이라도 더 잘해주기 위해, 더 나은 그림을 위해. 라는 이름으로 그러고 있다면 그 특별함을 조금은 내려놓기를 조언 드리고 싶어요. 특별함보다 그냥 서로의 평범한 일상을 칭찬하고 응원해주기를 바라요. 우리의 연애잖아요. 다른 사람들과 함께 하는 연애가 아니라. 사랑이라는 이름으로 상대의 일상에서 벗어난 무엇을 요구하고 있지는 않은지, 압박하고 있지는 않은지 생각해보길 바라요. 가장 안정적인 것은 가장 평범하고 가장 일상적인 것에서 얻어진답니다. 우리의 연애를 지켜나가는 것도 그것이고요.

서로가 서로를 있는 그대로 좋은 모습으로 봐주길 바라잖아요. 그런 만큼 우리 조금만 덜 안달하고 조금만 더 너그러워져 보아요. 그렇게만 할 수 있다면 나의 이유 모를 불안도 불만도 줄어들 것이고 지금 함께 하는 이 연애가 얼마나 안정적인지도 느끼게 될 거예요. 친구의 말에, 인터넷상의 여러 이런저런 기준에, 특별함을 측정하고 따지다 보면 결국 우리는 평범한 지금, 이 순간들을 잃게 될 거예요. 그리고는 생각하겠죠 "아 그때 그러지 말걸." 하고. 잊지 말아요. 가장 큰 사랑도 안정도 평범함에서 나온다는 것을, 특별함이 주는 잠깐의 설렘, 안달하는 마음이 사랑이 아니라는 것을.

급상승 검색어

1~10위	11~20위

1 무뎌진 연애 감각 올리기

2 내게 맞는 사람 찾기

3 눈높이

4 끝나버린 짝사랑

5 연애에 대한 두려움

6 고백의 타이밍

7 새롭게 사랑하고 싶은 마음

8 연애라는 틀

9 오랜만의 썸과 고백

10 상대방에게 부담 주지 않기

CHAPTER 4

그래도 다시, 사랑

결혼 적령기

옛 사람과 닮은 그 사람 | ▾   Q   ✐ 질문

상처받을까 봐 두려운 연애

지독한 겨울의 추위를 느꼈다고

봄의 따스함을 못 느끼는 건

아니더라

이별이라는 페이지를 넘기니

설렘이라는 페이지가 나오더라

Q
오랜만의 썸 그리고 고백

한 3년 전 즈음 연애를 끝내고 연애라는 말이 저와는 관련 없는 말인 것처럼 일에만 몰두했어요. 그래서 그 애를 만났을 때 솔직히 엄두가 나질 않더라고요. 그 애는 제가 자주 가는 카페에서 일을 하고 있어서 어쩌다 보니 번호도 알게 되고 연락을 주고받게 됐네요. 저한테 호감이 있는 것 같기도 하고 혼자 착각은 아닐까 두렵기도 하네요.

주변에서는 너무 소극적인 것 아니냐고 그러는데 지난 연애가 끝나고 혼자 지내면서 편한 점이 많았거든요. 그래서인지 다시 누구랑 시작할 생각을 하니 그냥 생각만 많아지는 것 같아요. 그래서 너무 힘드네요. 이런 제가 그 애에게 고백해도 괜찮을까요?

A 지금이 타이밍이에요

연애 공백기가 오래되지 않아도 누굴 또 만나려고 하면 피로감과 두려움이 생기잖아요. 그러니 충분히 더 그럴 수도 있죠. 하지만 이렇게 생각해 봤으면 좋겠어요.

지금 겪는 두 사람의 관계가 여전히 불안하더라도 그리 나쁘지 않다면 그건 '사랑'이라는 것을요.

그러니 이런저런 생각은 미뤄두고 아직 여전히 설레고 싶고 사랑하고 싶은 마음 그대로 상대에게 전달하기만 하면 괜찮을 것 같아요. 사랑은 타이밍이라고 말하죠, 지금 두 분은 그 타이밍이에요.

Q

무뎌진 연애 감각

연애를 짧게 짧게만 하고 지냈어요. 어느 날 연애가 귀찮아져서 그냥 혼자서 지내다 보니 연애를 안 한 지 벌써 몇 년이 지나갔습니다. 그러다 보니 전에는 어떻게 그렇게 연애했을까 싶을 정도로 연애 세포가 없어진 것 같은데요.

이렇게 무뎌진 연애 감각으로는 정작 진짜 마음먹고 제대로 연애해보고 싶어도, 좋아하는 사람이 나타나도 제대로 못 할까 봐 걱정이 됩니다. 이럴 때는 어떻게 해야 할까요?

A 문제는 연애 감각이 아니라 마음

가장 중요한 것은 '나는 얼마나 사랑에 고픈가?', '사랑에 간절한가?' 아닐까 싶네요. 일단 지금 내게 그런 사람이 없다면 그런 사람을 찾고는 싶은가를 생각해보는 게 좋을 것 같아요.

예전에는 주변에 그냥 이성이 항상 있는 환경이라서 굳이 찾지 않아도 자연스럽게 감정이 느껴졌는데, 지금은 내가 그런 환경이 아니라서 찾아 나서지 않는 이상 사람이 주변에 없다면 우선 사람을 찾아야 감정을 느낄 테니 말이죠.

하지만, 내가 아직 그렇게 찾고자 하는 마음이 있는 게 아니라면 아직은 좀 더 인연을 기다려봐도 좋을 것 같아요. 사랑에 대한 감정은 억지로 솟아나는 게 아니니까요.

Q
아직 혼자이고 싶은 마음

오랜 연애가 끝나고 연애에 대한 피로감이 여전히 가시지 않고 있어요. 하지만 주변에서는 헤어진 지 좀 되었으니까 이제 다른 사람을 만나 보는 건 어떻겠냐고 소개를 자꾸 권유해오는데요.

다른 누구를 만나고 사랑하고 연애에 대한 피로가 남아 있어 생각만 해도 너무 힘든데, 또 한편으로는 이렇게 소개가 들어올 때 받지 않으면 정말 나중에는 이런 것도 없지 않을까 하는 마음에 불안하기도 해요.

아직은 혼자이고 싶어도 그런 상황이 걱정된다면 소개를 받고 새로운 시도를 해봐야 할까요?

A 새로운 시도보다는 단호한 휴식기를 선택하심이

앞서 이별한 이유를 생각해보세요. 서로 안 좋았던, 맞지 않았던 점이 사랑을 점점 지치게 만들고 힘들게 만들었죠. 그런 긴 시간 동안 열심히 달려오기만 했죠, 혼자가 될지 모른다는 두려움 때문에.

지금의 기회를 마냥 흘려보내기로 마음먹기가 쉽지 않을 수는 있어요. 하지만 단순히 마음이 안 가는 것도 아니고 사랑에 피로감이 남아있다면 지금 새롭게 누군가를 만나서 호감을 가지기 위해 노력하는 건 자칫 나에게 상처를 입히는 일이 될 수도 있을 것 같아요.

지금은 조금 더 휴식을 취해보시는 건 어떨까요? 아직은 그렇게 해야 후에 좋은 사람을 만날 마음의 준비가 될 테니까요.

Q

혼자이고 싶은데, 데이트는 하고 싶고

혼자가 된 이후 이런 생활에 익숙해지고 나름 즐겁게 지내는데요. 가끔 영화를 보러 갈 때나 밥을 먹으러 갈 때 보게 되는 연인들을 보면 데이트했던 그 감각이 그리워질 때가 있어요.

하지만 그렇다고 다시 힘들게 감정 소모를 하면서 연애하고 싶지는 않아요. 이럴 때는 어떻게 하는 게 좋을까요?

A 연애라는 틀이 싫다면 공동체라는 틀은 어떨까요?

연애라는 틀을 가지게 되면 그만큼 책임감이나 감정 소모가 있긴 해도 여러 가지 재미있는 경험들을 하게 되는 부분이 있죠. 연애가 끝난 후에도 혼자인 건 좋은데 그런 좋았던 부분이 그립다고 느껴본 적 다들 있으실 거예요.

그런 상황이라면 당장 누굴 만나기보다는 나의 취미를 공유할 수 있는 친구를 만들어 보는 건 어떨까 싶어요. 각종 모임을 적극적으로 알아보고 그곳에서 친구를 만들고 그게 이성이든 동성이든 지금 혼자서 활동하는 것보단 좋을 테니 말이죠. 혹시 모르죠. 그러다가 또 새로운 사랑이 자연스럽게 찾아올지?

Q

내게 맞는 사람

사람들이 말하는 것을 보면, 잘 맞는 사람을 만나는 게 행복한 연애를 하는 길이라고들 하는데요. 솔직히 저는 딱히 잘 맞는 사람이 어떤 사람인지는 잘 모르겠고 그냥 삶이 안정되어있고 어느 정도 남들이 괜찮다고 할 수 있을 정도의 사람이면 다 만나왔던 것 같아요.

그래서 소개팅을 해도 남들이 괜찮다고 하는 사람과만 해봤고요. 하지만 그러다 보니 그냥 수동적인 연애만 하다가 끝나서 이번에는 정말 내게 맞는 사람을 만나고 싶은데요. 어떻게 해야 할까요?

A 나는 어떤 사람일까요?

스스로 생각하기에 본인은 어떤 사람인 것 같으세요? 무엇을 좋아하고 무엇을 행복해하며 무엇을 참지 못하고 어떤 단점이 있나요? 내게 잘 맞는 사람을 찾는 것은 어쩌면 나 자신에 대해서 내가 얼마나 아느냐에 달려있는지도 몰라요.

단순히 사회적으로 남들이 부러워해서라는 것을 기준으로 두고 사람을 만나는 게 아닌, 내가 좋아하는 것을 공유하고 나와 마음의 방향과 크기가 맞는 사람. 그런 사람이야말로 내게 맞는 사람일 거예요.

내가 먼저 마음이 생기지 않는다고 해서 혹시 주변에 괜찮고 편하다고 생각했던 사람을 놓친 적은 없나요? 혹은 조건이 좀 남들 보기 그렇다고 멀리한 사람은 없나요? 한번 돌아보세요. 의외로 나의 짝은 가까이 있을지도 모르니까요.

사랑은 어렵다

그래서 이별했더니

새로 시작하려는

사랑도 어렵다

.

.

.

그래도 이번엔 잘할 수 있겠지?

주위의 시선에

나이 때문에

등 떠밀리듯 억지로

연애하지 않아도 괜찮아

Q

어떻게 하면 시작할 수 있을까요

저는 모태 솔로예요. 여태까지 연애를 해야겠다는 생각도 없었고 공부나 일만 생각하면서 살아왔거든 요. 근데 요즘 저와 같은 경험을 하고 지내왔던 친 구들이 연애하는 모습을 보니 너무 부러워져요.

하지만 연애에는 전혀 관심을 두고 살지 않아서 어 떻게 시작해야 할지 막막하기만 해요. 어떻게 해야 좋은 사람을 만나서 연애를 시작할 수 있을까요?

A 우선은 구체적인 연애의 방향부터

주변에서 연애를 하기 시작하고 문득 나이가 어느 정도 되었는데도 연애 경험이 없다면 부러움을 느낄 만하죠. 하지만 무작정 좋은 사람, 무작정 연애의 시작 이렇게만 생각하기보다는 우선 나는 어떤 연애를 하고 싶은가를 먼저 생각해보세요. 예를 들면 '취미를 함께 하고 싶은 사람이었으면 좋겠다.' 이런 식으로요. 내가 하고 싶은 연애는 어떤 모습일지를 먼저 그려보고 그것에 적합한 사람을 만나기 위해 적절한 장소와 그룹에 참여해보는 건 어떨까요?

내가 머릿속에 그리는 게 많을수록 그리고 나와 많은 것을 공유하는 사람을 만날수록 좋은 연애를 할 수 있을 거예요. 첫 연애이니만큼 신중하게 기준을 정해보길 바라요.

Q

소개받은 사람이 옛 사람과 닮았습니다

얼마 전 이제 새롭게 연애를 시작하기 위해서 소개를 받았어요. 하지만 그 사람은 예전 애인과 너무 닮은 점이 많아요. 그런 점들 때문에 이전의 애인이 저에게 주었던 상처도 떠오르고 서로 맞지 않았던 점들이 떠올라서 소개받고 대화해나가는 내내 마음이 불편했어요.

사람은 좋아 보이지만 이런 이유로 저에게 호감을 표현해오는데도 섣불리 저도 좋게 대응해주기가 힘들어요. 어떻게 하면 좋을까요?

A 단지 새로운 사람일 뿐

어쩌면 너무 낙인을 찍어버리는 것은 아닐까요? 물론 이전의 경험으로 인해서 또 상처받을지 모르는게 두려울 수는 있죠. 하지만 다른 이유 때문에도 상처받을 수 있잖아요. 이전 애인은 이렇게 해줬는데 이 사람은 그런 게 없어서 서운함을 느끼게 되고 상처받을 수도 있죠.

닮아도, 닮지 않아도 상처 입을 부분이라면 어차피입게 되어있지만 우리는 또 그것을 현명하게 잘 마주할 거고 이 사람은 같은 문제가 있어도 이전에 그 사람과는 다른 해답을 줄지도 모르잖아요. 그러니 너무 처음부터 걱정만 하기보다는 일단 호감이 간다면 나에게 진심인 것 같다면 우선은 시작해보시는 건 어떨까요?

해피엔딩은 내가 완벽한 사람을 만나서가 아니라 힘들 걸 알지만 사랑에 대한 믿음을 놓지 않을 때 온답니다. 그러니 너무 걱정 말아요.

Q

눈높이를 낮춰야 할까요?

저는 이제 30대 후반이 되어갑니다. 제 주변의 동생들도 그리고 제 친구들도 이미 한참 전에 결혼을 했고, 결혼을 하지 않았더라도 다들 연애를 하고 있는 상황입니다. 그간 이성을 한 번도 안 만나 봤던 건 아니었지만 다 이런저런 이유로 헤어졌습니다.

주변에서는 다들 제가 아깝다고 말하면서도 새로 시작할 때 너무 많은 걸 따진다고 눈이 높다고 말하기도 하는데요. 정작 그런 말들에 이리저리 휘두르다 보니 지금이 되었습니다. 막상 누굴 만나기 힘든 지금에도 상대가 나에게 조금이라도 열정적인 모습을 보이지 않으면 이내 시들해지는데요. 기대치를 좀 낮춰야 할까요? 연애가 너무 힘드네요.

A 완벽함보다는 적당히

내게 딱 맞는 짝을 찾을 때에, 혹은 한두 가지 불만이 있던 연애에 "네가 아깝다"라는 말이 끼어들게 되면 점점 짝을 찾는 것이 어려워질 수 있어요. 정작 그런 말을 한 사람들은 그렇게 깐깐하게 사람을 만나지 않으면서 마치 내게는 그렇게 만나야 충분히 가치가 있는 것처럼 이야기를 해요.

내가 완벽하지 않듯 내가 만나고자 하는 사람도 완벽하지 않아요. 내 기준에서는 최선을 다했어도 상대방은 부족함을 느끼고, 열정적이지 않을 수도 있죠.

혼자 살아갈 게 아니라면 기준을 낮추고 너그러워질 필요가 있어요. 세상에는 생각보다 괜찮은 사람이 많지만 단지 나의 기준이 그 사람들을 못 보게 하고 있다는 걸 아시길 바라요.

Q

오랜만에 하는 소개팅. 너무 긴장했어요

저는 몇 년 만에 친구를 통해서 소개를 받았습니다. 하지만 너무 긴장한 탓인지 전에는 자연스럽게 되던 이야기들도 뭔가 제대로 하지 못하고 묻는 말에도 단답으로만 이야기해서 이야기의 흐름이 계속 끊겼습니다.

그분 입장에서는 답답했을 만도 했고 결국 그날 커피만 마시고 헤어졌어요. 주선자는 제게 너무 답답하게 굴었다고 이럴 거면 왜 소개를 시켜달라고 했는지 모르겠다며 한소리 합니다. 그래도 잘해볼 거면 다시 연결해주겠다는데 이번에는 정말 잘하고 싶습니다. 어떻게 해야 할까요?

A 우선 진정하길 바라요

오랜만의 만남, 연애에 대한 기대감 혹은 설렘. 이것은 우리를 들뜨게도 만들지만 긴장하게도 만들죠. 우선은 너무 잘하려고 하지 말고 일단 흥분된 마음을 진정시키는 것이 필요할 것 같아요.

상대에게 잘 보이기 위해서 노력하는 것도 중요하지만 우선은 서로가 편해지고 가까워지고 친해져야 하잖아요. 그러니 잘해보고 싶은 마음에 너무 긴장해서 잘하지 못했지만 다시 한번 더 만나주신다면 적어도 어색하지는 않게 좋은 시간 보내고 싶다고 연락을 보내보세요.

만일 그렇게 솔직하게 나갔음에도 아무래도 아닌 것 같다고 거절을 당한다면 이번 일을 교훈 삼아서 다음에 다른 사람을 만날 때는 조금은 덜 무겁게 만남을 준비해 보세요. 하지만 제가 보기에는 아직 만회할 수 있을 것 같아 보이네요. 희망을 가지고 진정하고 다가가 보세요.

Q

제게도 사랑이 올까요?

1년 정도 짝사랑하던 사람에게 고백했다가 거절을 당했어요. 친구 같은 사이라서 이성으로는 생각해 본 적이 없다는 것이 이유였어요. 솔직히 그렇게 거절당하고 나니 한편으로는 후련하다는 생각이 들었어요.

잘 됐으면 좋았겠지만, 그 친구의 마음도 존중하니까요. 다만 그동안 짝사랑만으로도 설레는 마음으로 잘 지내왔는데요 그러다 보니 여전히 사랑하고 싶은 마음은 있어요. 이런 저에게도 사랑은 찾아올까요?

A 애썼어요. 그만큼 사랑이 곧 찾아올 거예요

짝사랑을 해오고 그 짝사랑이 거절로 돌아가면 마음이 많이 아플 텐데, 그 와중에도 그 사람의 뜻을 존중해주시다니 정말 성숙한 마음을 가지셨네요. 그런 분이라면 언제 어디서든 이미 당신의 그 사랑을 가득 담을 수 있는 마음의 깊이를 누군가는 알아봤을 거예요.

짝사랑에 빠진 사람들은 그 사람만 보이기에 시야가 좁아지는 현상을 겪죠. 그러다 보니 나를 진짜 좋아하고 있을지 모르는 사람을 못 보게 되는 경향이 있어요. 오랜 짝사랑에 고생 많았어요. 이제 그 사람을 벗어나서 주위를 둘러보세요. 좋게 지켜보는 사람이 근처에 있을지 모르잖아요? 꼭 사랑이 찾아올 거예요.

괜찮아요
다시 천천히 하나부터 해봐요. 우리

시작은 언제나 힘든 법이죠. 익숙하지 않기에 혹은
내 과거 경험에 빗대어보면 생각보다 좋은 결말이
항상 기다리고 있지 않음을 알기에. 언제나 주저하
게 되고 생각을 많이 하게 되는 것 같아요. 그래서
자신감도 많이 없어지는 때가 시작할 때인 것 같기
도 해요.

우리가 그렇듯 우리가 바라보는 상대도 그렇다는
걸 알아야 해요. 우리만 그런 감정을 겪는 것이 아
니고 상대도 그런 감정을 겪죠. 그래서 불안해하고
막연해할 수도 있죠. 때문에 우리는 서로 함께 천
천히 하나부터 해나간다는 마음으로 새로운 시작
을 마주해야 해요. 내가 불안하듯 상대도 불안하
고 내가 서툴 듯 상대도 서툰 것은 마찬가지일 테
니 말이지요.

그러니 상대가 조금 나의 마음에 들지 않았다 해서, 서툴렀다 해서 너무 야박하게 대하거나 지나치게 실망하지 않았으면 좋겠어요. 누군가 나에게 그렇게 행동한다면 나 역시도 너무 억울할 거잖아요. 사이좋게 그리고 조금은 너그럽게 이전의 연애들 혹은 한 번도 경험해보지 못했던 연애의 시간을 떠올려 보세요. 그리고 새롭게 다가올 기회는 과거에 연연하지 않으며 좀 더 달라지고 성숙한 연애를 하겠노라고 스스로에게 다짐해보세요.

그럼에도 우리는 또 실수하고 후회하겠지만 최소한 이전에 내가 했던 실수를 줄이는 연애를 하는 것만으로도 충분해요. 혹은 내가 해보고 싶었는데 하지 못했던 모습으로 누군가를 만나가는 것만으로도 잘하는 것이라고 생각해 보세요. 너무 이런저런 많은 생각하지 말고요.

그렇게 내가 먼저 자신감 가지고 하나하나 차근차근 같이 해봐요. 다 잘 될 거예요.

사랑이라는 말에 연애라는 말에

너무 잘하려고 힘주지 마요

우선은 친해지는 것 먼저

편해지는 것 먼저 해봐요

잘하는 것도 친해져야 상대가 느끼죠

아팠던 어제의 나와

주저하는 오늘의 나

어느 쪽이든 다 가치 있는 모습이라는 걸

그 모습 전부 다 초라하지 않다는 걸

Q

결혼을 생각하고 만나려니 쉽지 않아요

저는 이제 결혼 적령기에 들어섰습니다. 20대 초반에는 그냥 제가 마음이 끌리는 대로, 혹은 끌리지 않아도 상대가 잘해주니까 그냥 만나보자면서 관계를 도전하듯 시도했었어요. 점점 나이가 차고 이런저런 경험을 하고 이제는 결혼해서 안착할 상대를 찾으려고 하는데 그런 것을 기준으로 사람을 찾으려니 마땅한 상대를 찾기가 너무 힘드네요.

너무 잘난 사람을 바라는 것도 아닌데, 어떤 사람은 좋은 가정을 꾸려서 함께 화목하게 살 것 같지만 경제적 능력이 부족하고, 어떤 사람은 경제적 능력이 부족하지만 제가 너무 외로워서 화목하지 않을 것 같고, 적당히 저에게 딱 맞는 사람을 결혼이라는 관점에서 보니 너무 찾기 힘들어요. 어떻게 해야 저는 좋은 결혼 상대를 만나서 연애를 할 수 있을까요?

A 딱 하나만 선택하는 건 어떨까요?

결혼이라는 현실적 문제를 두고 짝을 찾으면 이런저런 것들을 너무 많이 생각하고 고려하게 되죠. 요즘 사는 것이 이리저리 버겁다 보니까 요즘 같은 때에는 안정을 특히 더 고려하다 보면 그럴 수 있는 건 맞아요.

하지만 세상에 모든게 맞는 완벽한 짝은 없지 않을까요? 연애를 해보시면서도 느꼈겠지만 그 연인들이 다 완벽해서 내가 사귀었던 건 아니었잖아요. 결혼도 그렇게 완벽한 사람과는 하기 어려운 게 현실인 것 같아요. 그렇기 때문에 '나는 경제 능력이 가장 중요해' 혹은 '마음 씀씀이가 최우선이야' 이런 식으로이런 식으로 딱 하나, 내가 다른 건 다 포기해도 이것만 있으면 될 것 같다는 기준으로 선택해서 사람을 찾아보길 바라요. 모든 것이 완벽한 사람만을 찾으려 하다간 다 놓치게 될 수 있으니 말이죠.

Q

연애가 여전히 두려워요

누군가와 사랑에 빠지고, 그 사람과 이런저런 삶을 공유하고. 이런 것이 당연한 것이라는 것은 알겠는데 여전히 그렇게 누군가와 삶을 공유하고 정서적인 애착을 가지게 되는 것이 두렵습니다.

이러다가 평생 혼자 살다가 죽는 것은 아닐지 걱정도 됩니다. 저는 저만의 공간이 중요한데 연애하면 그것을 공유하거나 제 시간 등을 뺏기는 것이 너무 걱정스럽고 두려워요. 어떻게 하면 연애를 할 수 있을까요. 제 삶을 변화시키지 않고는 힘들까요?

A 그렇다면 연애보다는

연애보다는 타인과 나의 공간, 나의 시간을 공유하는 법을 먼저 익히고 적응해보는 시간을 가지는 게더 좋겠다는 생각이 들어요. 남에게 내 공간과 내시간을 내어주는 게 쉽지 않은 성격을 가진 분들도있죠.

문제는 그런 사람들이 많지 않기에 나랑 똑같은 사람을 만나기는 애초에 쉽지 않을 것이므로 내가 싫더라도 외로움을 벗어나려면 그것에 맞는 사람으로의 변화를 용기 내서 시도해볼 필요가 있어요.

이런저런 대인관계에서 받은 상처때문에 사람에게마음의 문을 여는 게 쉽지 않을 수는 있어요. 하지만 아주 조금씩 내 공간을 나누고 그것에 적응해보세요. 그러다 보면 언젠가는 아무렇지 않게 나누는것이 될 수 있으니까요. 하나하나 차근차근 같이 노력해 봐요 우리.

Q

첫눈에 반하는 것

저는 개인적으로 정말 첫눈에 반해서 두근거릴 만한 사람과 만나서 결혼하는 것이 꿈인데요. 어릴 때부터 지금까지 그런 사람은 단 한 번도 만나지 못했어요.

저를 좋아한다고 고백하면서 다가오는 사람은 있었는데 막상 저를 좋아하는 사람은 마음이 안 가더라고요. 그 와중에 또 제가 좋아하는 사람도 없어서 나이가 들수록 초조함만 생기는데요. 짚신도 짝이 있다고 하는데 제 짝은 없는 것일까요? 아니면 제가 그냥 이런 생각을 포기하고 저를 좋다고 하면 만나보기라도 해야 할까요.

A   내 가치가 어느 쪽에 더 기울어 있는지 고민해
보아요

나의 가치가 '첫눈에 반하는 사람'에 있다고 한다면 너무 내 나이나 주변의 말들에 휘둘릴 것 없이 더 기다려보는 것도 괜찮을지 몰라요. 하지만 '첫눈에 반하는 사람'이 나를 좋아해 줄지는 또 다른 문제 같네요.

내가 반하게 된 사람이 나를 같이 좋아해 주면 좋겠지만 연애에 가장 얄미운 점은 나와 그 사람이 동시에 서로를 좋아하기 힘들다는 것에 있어요. 때문에 그런 위험을 감수하고서라도 내가 그런 사람을 만나겠다고 하면 기다리더라도 그게 아니라면 나를 좋아하는 사람이 있을 때 그 사람을 사랑해보려고 해보시는 것도 좋은 방법이에요.

세상에 태어나서 나를 누군가 먼저 좋아해 준다는 건 결코 그냥 당연한 일이 아니란 거 잘 아시잖아요. 잘 생각해보고 고려해보시길 바라요.

Q

열정이 넘쳐서 힘들어요

저는 항상 일에도 인간관계에도 열정이 가득한 사람이라는 소리를 듣고 살아가고 있어요. 그냥 제가 마음 내켜서 열심히 하고 또 상대를 항상 뜨거운 마음으로 대해주죠. 하지만 연애는 그렇게 하면 상대가 다들 너무 부담스러워서 저를 더 이상 만나 주지 않거나 아님 친구로만 지내기를 원하는데요.

다음에는 너무 오버하지 말아야지 하면서도 또 습관처럼 그렇게 되어버려요. 어떻게 해야 보통 사람처럼 행동하고 연애할 수 있을까요?

A 특별한 사람인 만큼 특별한 행동을

연애는 내게 특별한 사람을 만드는 거잖아요. 그렇다면 평상시 나라면 안 할 행동들. 열정적인 나라면 차분한 나로서 행동하는 모습을 보여주는 게 어쩌면 그 마음을 표현하는 가장 열정적인 방법이 아닐까요?

그 사람을 위해서 노력을 한다는 것이니까요. 습관처럼 나오는 나만의 부담스러운 모습들이 있죠. 하지만 내가 좋아하는 사람에게 호감을 얻기 위해서 그 모습들을 조금 덜 보이기 위해서 노력하고, 상대에게 나의 원래 모습을 조금씩 가까워질 때마다 보여주면 괜찮을 거라고 생각해요.

내 안의 열정만큼 나의 사랑도 나의 사람도 특별한 대우를 받을 필요가 있다고 생각하고 시도해보시면 어떨까요?

Q

고백해도 될까요?

저는 같이 스터디를 하고 있는 여자분들 중 한 분을 짝사랑하고 있어요. 알게 된 지는 몇 달 안 되었어요. 스터디를 하면서 조금씩 가까워졌고, 저와 많이는 아니라도 개인적인 메시지도 주고받고 있어요.

아직 그 친구는 제가 자신을 좋아한다는 걸 모르는 것 같아요. 늘 진취적인 미래와 꿈에 관해서 이야기를 하는데, 하라는 공부는 안 하고 연애를 생각하는 저를 한심하게 볼까 봐 걱정돼요. 그럼에도 고백하는 게 좋을까요?

A 지금 내가 어떤 모습이냐보다

연애는 내가 그 관계에서 무엇을 어떻게 보일 것이냐를 상대방에게 증명해 보이고, 서로 함께 기대하면서 나아가는 거죠. 지금은 비록 같이 공부하는 사이더라도, 그 친구처럼 먼저 나도 나의 꿈은 무엇이고, 어떻게 살고 싶고, 어떤 연애를 하고 싶은지를 친해지면서 당당하게 보여보세요.

그러면서 그 사람에 대한 칭찬도 많이 해주시고 서로 열심히 살아가기를 꿈꾸며 살아가는 사람들이라는 동질감을 가지게 된 뒤에 호감을 표출해도 늦지 않을 것 같아요.

좋아한다는 마음은 일방적일 수 있고 상대방은 그렇게 친하지도 않은 사람이 고백한다고 바로 받아줄 것도 아니니 우선 가까워지면서 매력을 느낄 수 있도록 나를 알리는 것 먼저 해보시면 어떨까요? 꼭 좋은 사랑의 결실을 맺으시길 바라요!

두려워해야 하는 이유를 찾으면

한가득일 거야

딱 그만큼 우리는 누구를 사랑하게

되는 것 같아

왜 너를 좋아하게 되었냐고?

그냥 네가 날 좋아한다니까...

Q

또 상처받을까 봐 두려워요

알고 지내던 친구에게 고백을 받았어요. 그 친구는
저의 이전 연애도, 그냥 개인적인 소소한 아픔들도
다 알고 저를 늘 응원하고 위로해주었던 친구예요.
그 친구 나름대로 저의 성격을 알기에 오래 꾹꾹 참
아왔던 마음이었는데, 도저히 참지 못하겠다고 진
지하게 저에게 사랑을 고백해 왔어요.

그런 마음이 참 고마우면서도 이전 연애를 생각했
을 때 이 친구와도 그렇게 헤어지면 제게는 아무도
남지 않을 것 같아서 두려워요. 어떻게 하는 것이
현명할까요?

A 이미 엎질러진 물이에요

이런 부분이 참으로 불공평한 부분이긴 해요. 내가 정서적으로 의지했던 사람이 나에게 사랑을 고백해 올 때 그 마음이 고마우면서도 잘 안되면 '나는 누구에게 의지하지'라는 마음에 주저하게 될 수 있어요.

하지만 잘 생각해보세요. 나를 충분히 이해하고 걱정하고 나에게 그만큼 긴 시간 동안 감정을 이입해 준 사람이었다면 그런 사람과 만나서 갈등이 있더라도 모르는 이를 만나서 힘들 때 보다 더 좋은 방향으로 갈등을 해결할지도 모르잖아요.

물론 친구가 애인이 되면 애인에 대한 고민을 상담할 사람이 없어지지만, 또 그럴 대상을 찾게 되실 거예요. 그러니 눈 딱 감고 시도해 봐도 좋을 것 같아요. 어쩌면 나의 진정한 짝은 나의 가장 가까운 곳에 있었을지도 모르니까요.

Q

처음으로 더 사랑받게 되었습니다

저는 계속 먼저 좋아하고, 더 많이 사랑하고, 다 퍼주기만 하다가 헤어지는 연애를 해왔어요. 그러다가 최근 저를 좋아해서 먼저 다가와 준 친구에게 마음을 열고 좋은 사이로 발전하게 되었는데요.

그 친구는 정말 사랑해준다는 느낌이 들 정도로 제게 잘해줘요. 바라보는 눈빛이나, 배려해주는 모습 면면에 사랑이 묻어있음을 느낄 수 있을 만큼요. 너무나도 행복한 요즘 이런 행복이 사라질까 너무 두려워요.

이제 막 사랑을 받는 느낌이 무엇인지 알기 시작했는데 벌써부터 잘 안 될까 내가 이런 걸 받을 가치가 있는 사람일까 걱정부터 돼요. 어떻게 해나가야 할까요?

A 지금에 충실할 것

사랑을 주기만 하다가 사랑을 받는 쪽이 되어보면 내가 지금 받는 것들이 당연하지 않다고 느껴질 때가 있어요. 그래서 지금 그 사랑을 충분히 즐기지도, 충실하지도 못할 때가 있죠. 지금 하시는 걱정들을 하느라 말이죠.

아마 지금의 연인도 언젠가는 지금보다 시들해질 때가 있을거고, 우리는 또 어떤 일들로 갈등하게 될거고, 그걸로 힘들어하겠죠. 하지만 지금 너무나도 사랑이 충만한 이때 서로가 어떻게 할 것임을 계속해서 이야기하고, 사랑하는 마음을 더 많이 보여주고, 추억도 많이 만든다면 걱정하는 일은 더 미뤄질 거예요. 그러니 너무 걱정하지 말고 지금에 충실해보시길 바라요. 그래도 괜찮으니까요.

Q

새롭게 사랑하고 싶긴 하지만

저는 이제 어느 정도 사회적으로 안정되어서 그런 환경을 바탕으로 정말 안착할 사람을 만나고 싶어요. 지금까지는 그저 힘들게 열심히만 살아와서 연애는 조금 덜 열정적이더라도 편안하게 하고 싶어요.

하지만 연애에 대한 이야기를 들어보면 누구나 처음에 많은 정신력을 쓰는 것이 필수인 것처럼 얘길 하는데, 저는 그런 것이 너무나도 고단하게만 느껴져요. 처음에 그런 큰 노력이 없더라도 연애를 할 수 있을까요?

A 그냥 얻어지는 것들은 없어요

내가 열심히 삶을 살아왔고, 그 과정이 고되었기에 인간관계에서만큼은 스트레스를 덜 받고 싶은 기분은 충분히 이해해요. 하지만 삶이 어떠했는지를 함께 보고 살아온 이성이 있는 게 아니라면, '나는 삶이 고단해서 연애만은 편하게 하고 싶어.'라는 마음을 충분히 납득할만한 이성은 그리 많지 않을 거라고 생각해요.

때문에 내가 어느 정도의 호감을 얻고 관계를 형성하려고 노력을 할 때 본인의 마음을 솔직하게 이야기해서 그걸 납득할 상대를 찾아보는 게 좋을 것 같아요. 하지만 처음에는 그것을 이해시키기 위해 어느 정도의 노력이 필요할 거라는 건 알고 계셔야 해요.

Q

이대로도 괜찮을까요?

저는 연애도 결혼도 별생각이 없어요. 오히려 혼자서 계속 지내고 싶은 마음이 더 커요. 혼자 살아도 버거운 세상에서 누굴 사랑한다는 이유로 책임져야 하고 그냥 주변의 시선 때문에 어쩔 수 없이 구색 맞추듯 살아가는 삶은 원치 않아요.

주변에서는 저의 이런 생각에 그럼 나이 들어서 어쩌려고 그러냐. 외롭다. 가는 길에 아무도 곁에 없을 거다. 등등 너무 먼 날의 이야기를 하면서 부정적으로 생각해요. 최근 비혼주의니 뭐니 하면서 저와 같은 사람들이 늘고는 있다 해도 아직 주변의 시선은 대부분 부정적이기만 한데요. 이대로도 괜찮을까요?

A 내가 만족하는 삶이라면 그대로도 괜찮아요

삶이 너무 힘들기에 사랑을 느끼는 건 둘째치고 유지하는 것에도 버거움을 느낀 분들이 사랑을 포기하는 추세인 것 같아요.

주변에서는 그래도 다 마음 맞추고 적당히 만나고 살아가는 거지 뭐 별나게 포기씩이나 하느냐 하지만, 마음 맞는 대상을 찾는 것부터가 너무 힘들기에 포기하게 되는 경우도 있을 수 있다고 생각해요. 그렇기에 말리지 않을 거예요.

그렇게 포기하는 것도 쉽지 않은 선택이었다는 것을 잘 알기 때문에요. 그리고 또 몰라요. 사랑이라는 건 항상 불현듯 찾아오는 것이라 나를 다 걸고 싶은 만큼 설렘이 다가올지도 모르죠. 하지만 지금은 자신의 선택을 믿고 살아가도 좋을 것 같아요. 그 용기 있는 선택을 응원합니다.

Q
잘 할 수 있겠죠?

여러 번의 사랑, 여러 번의 이별을 겪다 보니 늘 '그
때 그러지 말걸.', '그때 그랬어야 했는데.'를 생각하
지만, 또 반복하고 그렇게 반복되는 후회와 상처에
너무나도 연애가 두려워요. 하지만 또 언제나처럼
저의 마음을 설레게 하는 사람이 생겼어요. 많다면
많은 이별을 겪고 난 지금, 용기가 없고 자존감도
낮아져 있어요. 하지만 그래도 용기 낸다면 이번 연
애는 잘 할 수 있겠죠?

A 기우제는 실패하지 않죠

인디언들의 기우제는 실패하지 않는다고 해요. 왜냐하면 비가 올 때까지 지내니까요. 해피엔딩에 대한 여정도 그런 것이 아닐까 싶어요. 우린 늘 알고, 늘 반성하고, 늘 후회하지만 또 누군가를 사랑하게 되고, 똑같은 실수를 반복하고, 그렇게 아파하면서 배워가게 돼요.

기우제가 실패하지 않는 것처럼 우리의 사랑도 실패하지 않을 거예요. 그러니 용기를 가지고 묵묵히 뚝심 있게 계속 사랑해 나가길 바라요. 혹여 그러다 아프게 되어도 우리는 늘 그랬듯이 또 극복할 거니까요.

연애를 해도 외로운 건

누구도 지금 다 괜찮다는 걸

확인해줄 사람이 없기 때문일지도

우리 모두에게는 행복한

사랑의 결말이 약속되어 있어요

단지 그게 언제인지

누구와인지 아무도 말해주지 않아서

힘들 뿐이죠

이야기를 마치며

이 이야기들 말고도 사랑에 설레고 망설이고 아파하는 이야기가 더 있을지 몰라요. 언젠가 또 그 이야기들을 들고 또 다른 등불을 앞에 달아드리러 올지도 모르죠. 하지만 이번에는 여기까지 이야기하기로 해요.

이야기를 보시면서 조금이라도 나의 이야기 같아서 공감하셨다면, 조금의 해답이라도 되었다면, 그것으로 만족한답니다. 조금 조금씩 다르고 조금 조금씩 비슷한 우리 모두의 이야기에 '아, 나 말고도 이런 고민을 하는 사람이 있구나.'하는 정도만 느끼셨다고 하더라도 나 혼자만 힘들어하는 게 아니라는 것을 아셨을 거예요. 그렇기에 지금까지 나 혼자만 그런 거 같아서 외로우셨다면 더 이상 혼자서 외로워하지 않아도 좋을 것 같아요.

저에게 상담을 받으러 오셔서 한 시간 남짓을 저와 대화하시는 분들에게 당신은 혼자가 아니라고 늘 말씀드린답니다. 정말 함께 고민하고 한 분 한 분을 진심으로 걱정하기 때문이죠. 그렇게 함께 고민하고 극복한 분들이 "덕분에 행복해졌어요."라고 연락해오시는 날들 하루하루가 저에게는 너무나도 소중하고 특별한 날들이기도 하죠. 사랑을 다루는 저도 막상 저의 사랑에는 서툴지만, 저로 인해서 다 무너져가던 사랑이 회복되었을 때 잃었던 사랑을 되찾았을 때 그리고 사랑의 두려움을 극복했을 때 그 순간들마다 그들의 삶이 밝아진 것을 보면 저의 사랑에도 언제나 희망은 있다는 것을 느끼곤 한답니다.

이 이야기들을 보시는 여러분도 그렇기에 희망을 가지셨으면 좋겠어요. 당장 모든 것이 너무 힘든 현실이라도 우리는 언제나 그랬듯이 잘 이겨낼 거예요. 그렇기에 지금의 힘든 상황도 언젠가 돌아봤을 때는 웃으면서 추억할 수 있는 날들이 올 거고요. 모든 것들이 불확실한 오늘에도 단 하나 우리에게는 언제나 해피엔딩이 기다리고 있음을 잊지 말았으면 좋겠어요.

이 모든 사랑하고 헤어지고 다시 또 설레고를 반복
하는 여정이 너무 지칠지라도 저는 늘 그것을 확인
하는 일을 하며 살아가기에 믿어 의심치 않고 말씀
드리고 싶어요. 그러니 여러분도 믿어 보셨으면 좋
겠네요.

끝으로 이 이야기들을 세상에 내어놓게 도와주신
부크럼 관계자분들과 저의 인스타 게시글에 많은
영감을 주시는 @hwi.es_say님 저에게 큰 응원과
행운을 가져다주시는 이지은님에게 감사 인사를
드립니다.

투히스

혼자만 연애하지 않는 법

1판 1쇄 발행 | 2019년 11월 26일
1판 2쇄 발행 | 2020년 01월 17일

지은이 투히스
그 림 보 담
편 집 김태은

발행인 정영욱 | **기 획** 여태현 | **교 정** 여태현 김태은
도서기획제작팀 여태현 김태은 정영주 정소연
디자인마케팅팀 홍채은 김은지 백경희 송혜연 | **영업팀** 정희목

펴낸곳 (주)부크럼
주 소 서울특별시 구로구 구로동 237 지하이시티 1813호
전 화 070-5138-9972~3 (도서기획제작팀)
이메일 editor@bookrum.co.kr
인스타그램 @bookrum.official
블로그 blog.naver.com/s2mfairy
포스트 post.naver.com/s2mfairy

ⓒ 투히스, 2019
ISBN 979-11-6214-301-8